诺贝尔文学奖作家文集·普吕多姆卷

枉然的柔情

[法] 苏利·普吕多姆／著
胡小跃／译

Les Vaines
Tendresses

漓江出版社

图书在版编目（CIP）数据

枉然的柔情 / [法] 苏利·普吕多姆著；胡小跃译.
— 桂林：漓江出版社，2018.8
[诺贝尔文学奖作家文集·普吕多姆卷]
ISBN 978-7-5407-8433-1

Ⅰ.①枉… Ⅱ.①苏…②胡… Ⅲ.①抒情诗－诗集－法国－近代 Ⅳ.①I565.24
中国版本图书馆CIP数据核字(2018)第063189号

WANGRAN DE ROUQING
枉然的柔情
苏利·普吕多姆 著
胡小跃 译

策划编辑：沈东子
责任编辑：张　谦
助理编辑：谢青芸
书籍设计：石绍康
责任监印：杨　东

出版人：刘迪才
漓江出版社有限公司出版发行
广西桂林市南环路22号　邮政编码：541002
网址：http://www.lijiangbook.com
全国新华书店经销
发行电话：0773-2583322　010-85893190
三河市西华印务有限公司印刷
［河北省三河市泡阳镇甲屯小学东
邮政编码：065200］
开本：880mm×1230mm　1/32
印张：10.75　字数：220千字
2018年8月第1版　2018年8月第1次印刷
定价：50.00元

如发现印装质量问题，影响阅读，请与承印单位联系调换

苏利·普吕多姆(1839—1907)

Sully Pudhomme en 1872 d'après Rajon - dans *Nos Poètes*, Alphonse Lemerre, 1926 HL

苏利·普吕多姆肖像画，1872年拉容画

作家·作品

普吕多姆"强有力地表现出心灵的不安与苦恼、理性与爱情的冲突,细腻地追求人类各种复杂的心理阴影与变化……他在诗中吟咏出边仰望浩瀚的天空,边凝视地上之虚无的悲哀"。

——圣伯夫(法国文学评论家)

他的"十四行诗充满哲理,形式讲究,某种色彩让思辨显得生动迷人,诗虽短但韵味独特……他的诗标志着古今诗歌开始光荣地复兴……获得荣誉军团勋章、进入法兰西学院对普吕多姆来说是名至实归。"

——保尔·魏尔伦(法国象征派诗人)

"他是一位思辨诗人",宣传了自然科学家、数学家和工程师们的"思想和感情","在这位诗人心底,埋藏着一位早夭的工程师"。

——《泰晤士文学副刊》

"他的诗中比在世的任何人都更多地蕴含了科学所能聚集的新材料,并极好地表述了作为这一时代特征的实干与钻研的精神"。

他是一位"为气球、气压计歌唱,为海底电缆、摄影技术,为物种起源和特定引力测定而歌唱的诗人"。

——E. E. 斯洛森《独立报》

他的诗古典到极点,甚至有点形式主义,在当时深受欢迎……拥有广泛的读者。

——《拉鲁斯世界文学词典》

目 录

001/ **译 序**

001/ **致读者**

003/ **抒情诗与诗**

005/ 破碎的花瓶
007/ 眼　睛
009/ 露　水
011/ 致燕子
013/ 被遗忘的春天
015/ 理　想
016/ 妒　忌
018/ 过　去
019/ 雨
021/ 分　离
023/ 谁能说

025/ 考　验

027/ 爱　情

027/ 灵　感
028/ 疯　女
029/ 献　词
030/ 达娜伊特
031/ 劝　告
032/ 音　符
033/ 忧　虑
034/ 背　叛
035/ 亵　渎
036/ 给挥霍者
037/ 伤　口
038/ 命　运
039/ 他们去哪？
040/ 救世的艺术
041/ 埋　葬

042/ 怀　疑

042/ 勇敢的虔诚

043/ 祈　祷

044/ 坦然赴死

045/ 大熊星座

046/ 消失的喊声

047/ 皆有或全无

048/ 搏　斗

049/ 红或者黑

050/ 在古玩店里

051/ 上帝们

052/ 好　人

053/ 迟　疑

054/ 忏　悔

055/ 两种眩晕

056/ 疑　惑

057/ 坟　墓

058/ 梦　幻

058/ 休　憩

059/ 午　休

060/ 天　空

061/ 在河上

062/ 风

063/Hora Prima

064/ 致康德

065/ 遥远的生命

066/ 翅　膀

067/ 最后的假期

068/ 梦的真相

069/ 行　动

069/Homo Sum

070/ 故　乡

071/ 梦

072/ 地　轴

073/ 轮

074/ 铁

075/ 受苦者

076/ 剑

077/ 致新兵

078/ 在深海里

079/ 向　前

080/ 现实主义

081/ 裸露的世界

082/ 约　会

083/ 勇士们

084/ 欢　乐

085/ 致愿望

086/ 致奥古斯特·布拉歇

087/ 意大利速写

089/ 帕尔玛

090/ 弗拉·安杰利科

092/ 在一组古群像前

094/ 油画板

096/ 阿比亚路

099/ 鱼市场

101/ 大理石

103/ 特朗斯泰韦里区的妇女们

105/ 孤　独

107/ 最初的孤独

111/ 十四行诗

112/ 爱的衰亡

114/ 钟乳石

116/ 无缘由的快乐

118/ 大　路

121/ 华尔兹

124/ 天　鹅

126/ 银　河

128/ 温室与树木

130/ 别抱怨

132/ 大地与孩子

135/ 不幸的情感

137/ 插　条

139/ 迟　疑

141/ 春天的祈祷

143/ 流　亡

145/ 舞会王后

149/ 丑姑娘

151/ 妒　春

153/ 她们中的一人

157/ 三色堇

159/ 竖琴与手指

161/ 三　月

163/ 被罚下地狱的人

168/ 大　海

170/ 查尔特勒修道院

171/ 夜的印象

174/ 森林的夜与静

175/ 鸽子与百合

177/ 寻欢作乐的人们

181/ 失　望

183/ 内心搏斗

185/ 被咒的男女

186/ 叹　息

188/ 永　别

190/ 抚　爱

192/ 暮　年

194/ 弥留之际

197/ 远远地

198/ 祈祷书

201/ 老　屋

205/ 牵牛花

207/ 乡村之午

209/ 灵与肉

211/ 早晨醒来

213/ 最初的哀伤

215/ 行业歌

218/ 印　记

220/ 最后的孤独

223/ 战争印象

225/ 血之花

228/ 悔

232/ 奥特伊水塘

238/ 回　春

243/ 枉然的柔情

245/ 在杜伊勒利宫

247/ 母　爱

250/ 新　娘

252/ 欢　愉

254/ 邀　舞

256/ 持　久

258/ 沉　默

259/ 不忠者

260/ 冷　漠

261/ 愿　望

262/ 姗姗来迟

263/ 人间的爱情

264/ 失去的时间

265/ **沉思集**

308/ 授奖词
311/ 普吕多姆获奖记
320/ 普吕多姆主要著作

译　序

苏利·普吕多姆（Sully Prudhomme，1839—1907）是首届诺贝尔文学奖获得者，法兰西学士院院士。1901年，瑞典科学院为了特别表彰他的诗作，"它们是高尚的理想、完美的艺术和罕有的心灵与智慧的实证"，经过慎重考虑和比较，在众多候选者选择了他，把这个刚刚创办、之后将成为世界上最重要的文学奖颁发给了这位法国诗人。

普吕多姆原名勒内·阿尔芒·弗朗索瓦·普吕多姆（René Armand Francois Prudhomme），1839年生于巴黎一个中产阶级家庭，两岁丧父，他在母亲的叹息和哀怨中度过了忧郁的童年。环境的影响使他从小沉默寡言，也养成了他爱思考的习惯。小学毕业后，他顺利进入了巴黎著名的波拿巴中学。在学校里，他爱上了文学，但数学成绩却更好，几乎每次考试都得全班第一，于是毕业后准备考巴黎的名牌大学巴黎综合工科学校，但一场结膜炎病打碎了他当工程师的梦想。他后来改学法律，毕业后在巴黎一家公证处当公证人。由于获得了一笔遗产，他在经济上独立了，从此便放弃工作，专心从事写作。

1865年，苏利·普吕多姆发表第一部诗集《抒情诗与诗》，感叹人生的短暂，抒发生活中的哀伤和快乐，思考生命的意义。其中《破碎的花瓶》最为著名，这首诗写一只花瓶表面看来完好无损，实际上却有一道几乎看不见的裂痕,最后在不知不觉中破碎,寓意感情的裂痕如不修补最后将导致破裂。1866年,普吕多姆出版了第二部抒情诗集《考验》,大多为十四行诗,吟唱内心深处的悲哀与苦痛,表达对爱情的追求。这一主题在1869年出版的抒情诗集《孤独》得以继续。

1870年的普法战争把普吕多姆从"小我"和唯美的艺术小天地拉回到严酷的社会现实,面对文明与野蛮、正义与非正义,他做出了一个进步作家应该做出的选择,《战争印象》《法兰西》《正义》表现出诗人的正义感和责任感。1880年后,普吕多姆受古罗马诗人卢克莱修的影响,转向哲学和玄学思考,试图把诗与科学和哲学结合起来,探讨"内在的人性"。之后,他又从哲理诗转向散文创作和理论研究,出版了《论尘世生活之起源》《帕斯卡尔的真正宗教》《沉思集》等。

普吕多姆走上诗坛之时,正值巴那斯派崛起之际。当时,浪漫主义已成强弩之末,失去了昔日的雄风,人们厌烦了那种多愁善感和无病呻吟,诗坛需要一种相反的潮流来冲击和清洗浪漫主义的感情泛滥。巴那斯派正是在这种条件下诞生的,它以文艺女神缪斯所住的巴那斯山为名,以缪斯的真正信徒自居,提倡客观、冷静、"无我",摈弃个人感情,强调诗的形式美和雕塑感,主张为艺术而艺术,远离社会,躲进艺术的象牙塔。普吕多姆与巴那斯派的美学观一拍即合,他积极参加巴那斯运动,成为该派的活跃分子,并用自己的作品为巴那斯派的理论现身说法。《天鹅》突出地反映了巴那斯派的艺术趣味,诗人客观如实地描写天鹅的外形和动作,详尽仔细,天鹅的各个部位基本上都写到了。普吕多姆在诗中不掺杂任何主观感情,不加任何评价，整首诗如同一张写实照片，清晰、明了、逼真。这首诗，节奏徐缓，色调冷峻，透出一股宁和之气，美丽、洁白的天鹅摆脱了人间的纷扰和尘世的喧嚣，独自在幽深平静、纹丝不动的湖面漫游，这正是诗人心目中美的象征。

普吕多姆在巴那斯运动中扮演了一个重要的角色，但他并没有自己独立的理论体系，大部分诗中也没有完全排斥感情成分，而且，战争一爆发，他就走出了"巴那斯山"，写出了一批社会性和战斗性都很强的现实主义诗篇，所以，许多人认为，他并不是一个真正的巴那斯诗人，至少算不上是一个坚决的巴那斯分子。他之所以靠拢和参加巴那斯运动，是因为该派所追求的客观、真实、冷静和准确与他严格精密的科学精神在一定程度上相吻合。但如果注意到他的诗一开始就带有浪漫主义痕迹和象征主义色彩，就不难理解他为什么最终离开巴那斯阵营，进入了哲理世界，成了一个富有哲理性的诗人，或者说是一个具有诗人气质的哲学家。他把自己的思考注入诗中，或者在诗中提出问题、摆出现象供读者思考，把社会规范、自然法则和人类理性都化作诗的想象和形象，或从某个具象入手，最后引出一个具有哲理性的结论。他一边扶着科学，另一边扶着哲学，行走在诗的薄冰上。在他的诗中，处处可找出康德、黑格尔、帕斯卡尔、斯宾诺莎这些哲学大家的思想痕迹，有时他甚至直接与这些哲人对话。这颗沉思而孤独的灵魂常常仰躺在草地上，看着蓝天和白云，放纵思想的野马，思考宇宙（《天空》）、思考人生（《坟墓》），内心充满矛盾和欲望、希望和失望（《内心搏斗》）。他试图以诗歌为武器，探索宇宙与生命的运动及人与人之间的关系。他的诗是科学与艺术、自然与社会、逻辑思维和形象思维的结合体。读读他的《约会》和《裸露的世界》，你会惊讶于他怎么能把科学实验描写得那么生动，那首著名的《银河》更让人诧异于他把天文知识与社会关系融为一体的高超技艺。

普吕多姆虽然被当作是个学者型诗人，但他写得最好的还是抒情诗。瑞典文学院也认定他年轻时的抒情诗是他最优秀的作品，把诺贝尔文学奖授给他，也主要是因为他的抒情短诗。他的抒情诗，尤其是爱情诗，哀怨动人，这与他年轻时的一段感情波折有关。他与小他两岁的表妹青梅竹马，情同手足，普吕多姆把她当作是自己理所当然的伴侣，直到有一天表妹写信告诉他订婚的消息，他才如五雷轰顶，从单相思中惊醒过来。此事对他打击巨大，以至于他终身不娶。失恋给他带来了巨大的痛苦，也成了他写爱情诗的源泉，《考验》和《孤独》的不少诗篇写的都是这种苦涩的爱。不过，他有时也能摆脱出来，显得很洒脱，把诗写得机敏活泼，饶有趣味。如果说《不幸的爱情》在俏皮中还带有一丝说不出来的苦涩，《舞会王后》和《丑姑娘》就要潇洒多了。诗人重新振作起来，有信心征服最高贵的女子。不过，他有的爱情诗依然有说教成分，对于一个情场失意的诗人来说，这也许是取得心理平衡的唯一办法。只有在诗中他才真正成为爱情的主宰。

普吕多姆情场失意，与宗教倒有不少缘分。他自小接受基督教，准备升大学时又因健康原因被送至里昂外婆家休养，而外婆一家都是狂热的基督徒，在那种环境下，他不能不受影响。他说自己对宗教是"一见钟情"，"我见到、感到了耶稣的神明"。但信仰、怀疑、虔诚、崇拜，种种复杂的感情压得这颗小小的心灵喘不过气来，本来就沉默寡言的他变得更加深沉内向。科学和理性曾使他对宗教发生过动摇，他在诗中就上帝是否存在、是否公正提出了质问，《搏斗》一诗就具体记录了他试图摆脱宗教束缚的苦难历程。但当他发现科学有时也有局限时，他又感到了上帝的伟大，觉得自己怀疑上帝是一桩不可饶恕的大罪。这种罪恶感像影子一样紧紧跟随着他，迫使他去向上帝认罪。然而，宗教毕竟经不起时代潮流的冲击，科学思想最后还是在普吕多姆身上占了上风。细心的读者从他的诗中不难发现他对宗教从崇拜、怀疑到不敬的过程。

本书主要收入普吕多姆前期的抒情诗，也就是最为大家所熟悉和喜欢的那批作品，其中有的曾在国内出版和发表过，多年来被大量报刊和文选、文集所转载、选登或选用。这次出版，对原先的译文做了较大程度的修改，增加了《抒情诗与诗》及《枉然的柔情》中的一些诗，对篇目也做了调整，以更加适合当今读者的阅读品味。

胡小跃
2017 年 12 月，深圳

致读者

我在路边把这些花儿采摘,
好运和厄运把我抛在那里,
可我不敢献出散乱的回忆,
编成花环,也许更让人爱。

泪流滴滴的玫瑰尚未凋谢,
我放上新穗和黑眼的蝴蝶花,
还有湖边的植物,沉思的睡莲,
我的生活将是诗中的一切。

读者啊,你也如此,因为人
在这方面都大同小异,或灾或福
但愿他们能不解而思,因爱而哭。

梦想至少耗去了他们二十年,
最后有一天,大家都想站起,
想在消失之前播下一点东西。

抒情诗与诗

破碎的花瓶
——致阿贝尔·德克雷

扇子一击花瓶裂了条缝,
瓶里的马鞭草已经发黄;
那一击实在不能说重,
它没有发出一点声响。

可那条浅浅的裂痕,
一天天侵蚀着花瓶,
它慢慢地绕瓶一圈,
不知不觉,但步伐坚定。

瓶里的水渐渐渗完,
鲜花也随之枯萎;
尚未有人发觉。
别碰它,花瓶已破。

爱人的手也往往如此，
弄伤了心，使之流血；
不久，心慢慢地破裂，
爱情之花就这样凋谢。

伤口虽小但伤得很深，
别人看来完好无损，
其实它在天天增大。
心已破碎，别去碰它。

眼　睛
——致弗朗西斯克·吉尔博

蓝的，黑的，都可爱，都很美，
无数眼睛都见过曙光；
如今却长眠于荒冢，
太阳，照常升起在东方。

夜比昼更加温柔，
迷住了无数眼睛；
星星总在天上闪烁，
眼睛却布满阴影。

啊，难道它们已看不见？
不，不，这不可能！
它们在看着其他地方，
那地方就叫"看不见"。

星辰下山似乎离开了我们，
其实它们依然高挂在天空，
眼睛也有它们的夕阳，
但绝对不会真的灭亡。

蓝的，黑的，都可爱，都很美，
它们都睁着，看着灿烂的曙光；
在坟墓的另外一端，
人们合上的眼睛仍在张望。

露 水
——致保尔·布瓦尔

我尚在梦中,苍白的晨露
已悄悄地在原野凝结而成,
它被黑夜那冷冰冰的手
放在了长满绒毛的花瓣。

这些颤抖的水珠来自何方?
天没下雨,天气晴朗;
其实,早在成形之前
它们就在空中凝结成露。

我的泪水从何而来?今晚
天上所有的光都很温柔;
因为,在看到它们之前
我心里就已经有了它们。

柔情似水

却会让人痛苦得发抖,

有时,抚摩让人心慌,

让人泪流。

致燕子

你可以独自飞得高高,
而不用艰难攀爬山巅;
你可以下到谷底山涧,
而永远不用担心跌倒。

畅饮河水你不用弯腰,
而我们却要跪下双膝;
你可以不等下雨就去天上解渴,
可对我们来说那实在太高。

你可以在玫瑰谢时离开,
等到春暖花开再回小窝;
你忠于两个最美好的东西:
行动的独立,温暖的家。

我的灵魂也像你一样高飞，
又突然低低地掠过地面，
它扑动着梦想的翅膀，
跟着你潇洒地低飞高翔。

假如说它需要出去走走，
它也需要有个温暖的窝，
它有你的两个强烈需求：
不变的爱，自由的生活。

被遗忘的春天

春天刚刚来临，
尚未亲近，又将离去；
谁也不及告诉后来之人
它有多么美丽。

我们不敢再提玫瑰：
一歌颂它，有人就笑；
因为今人已不崇拜
世上最可爱的东西。

世上最早的情人
已祝捷不返的五月，
最新的情人只得闭嘴，
他们比自己的爱情还新。

在这脆弱的季节,一切
都无法在我们的诗中得救,
维吉尔①的金雀花
已让全世界充满芬芳。

啊,古人践踏了我们的权利,
我们今天的后悔和妒忌,
他们也曾有过,在我们之前,
他们也有过我们现在的心情。

---

① 古罗马诗人,主要作品有《牧歌集》《农事诗》、史诗《埃涅阿斯纪》等。

理　想

——致保尔·塞迪尔

巨月如轮，天上亮晶晶，
满目星辰，大地一片苍白，
世界的灵魂在空中徘徊，
我梦想着那颗崇高的星星。

梦想着人们看不见的星星，
可星光在旅行，
它必须一直来到大地，
安慰古人的眼睛。

当最美最遥远的这颗星星
将来有一天在天上闪耀，
请告诉它，它曾是我的挚爱，
啊，人类最忠诚的爱情。

妒　忌

我决不抱怨，苍白的妒忌
忍住颤抖的声音，默默泣血，
让他们长寿幸福而无诗意，
让平静的爱栖息在他们的床头。

让他拥有她吧，虽然不爱，
仅出于权利，用不着表白，
这种让人绝望的狂恋与他无缘，
哪怕虚幻，也要紧紧地拥抱。

让灰色的皱纹不知不觉
让微笑疲劳，还伤害了吻，
但白了的头发和不再水灵的眼睛
像冬天一样让感官平静。

我等待着她衰老,伺机而动,
最后轮到我时,我将对她说:
"我一直爱你,为你而哭:
我珍藏的东西,你拿走吧。"

我给你带回金色的青春,
你的金发藏在我的心间,
你的十五岁深深地留在我
耐心的初恋中,我是赢家。

过　去

有时，我会轻轻地对我的过去耳语：
"我不开心，谈谈当初的日子。"
被我的请求吵醒的睡者，
揉着沉重的眼皮，慢慢地坐起。

他喜悦地重整春天的装束，
昨日的庆典仍留下些许倦意，
他带着我飞越一个个仙国，
已被遗忘的天空布满爱情之夜。

他灌满酒壶，点起渔火，
推下轻舟，在船尾摆上花朵，
然后仰天高歌，击打沉睡的波浪。

我想拥抱他，不曾留意他一动不动，
一边微笑一边用黯淡的目光看着我。
我这才发现，他已经死亡。

雨

天雨。我听见雨声滴答:
树叶卑微得连风都不愿轻拂,
它在风中弯腰、闪亮、伤怀,
风一痛苦,鸟儿便受折磨。

污泥泛起弄脏了泉水,
小路裸露出自己的石头,
沙子冒烟,周身通红,
巨大的海浪冲刷着把它卷走。

地平线成了苍白的帘子,
玻璃窗滴着雨水叮当作响,
而蓝色的铺路石噼噼啪啪
跳动,水珠如星星般闪亮。

一群晚归的壮牛,浑身湿透,
一只忧郁的狗沿着墙紧跟其后,
大地布满污泥,天上云遮雾障,
人们感到厌烦:雨该多么伤心。

分　离

我本不该让你知道，
可德行拗不过泪水，
它打湿了我的苦笑，
在你的手上，写下了
我说不出口的滚烫表白。

一起跳舞、闲聊和欢闹，
这类游戏我们不再允许，
你脸红了，我浑身发抖，
不知道怎么走到了一起，
但我们已不再是朋友。

我们的事，你来决断，
只要友谊持续不变，
我便无法跟你呢喃，

啊，告诉我友谊仍在，
我感觉到它渐渐淡去。

如果我的泪水过于唐突
让你感到不太高兴，
那我们就各走各路，
我依然孤独一人，
你幸福地挽着精英的胳膊。

我们的心已经绽放，
就像一对鸣唱的鸟
被同一个黎明唤醒，
还来不及展翅飞翔：
分手吧，正是时候，

趁它刚刚诞生，
免得将来有一天
因久别而伤心，
便在茫茫大地找寻，
彼此却又不能牵手。

谁能说

谁能说:"我的眼睛已忘记黎明?"
谁能说:"我的初恋已经结束?"
哪个老人会这样说,如果他的心
还在跳,耳聪目明,呼吸依旧?

曾让他哭泣的初恋情人的倩影
难道没在他的眼中留下痕迹?
最初的拥抱,难道没在他内心
留下永久的温暖和深刻的印记?

当太阳远去,黑夜来临,
一只看不见的手
在黑色的天幕安上同一颗星星,
它默默地在我们头顶闪亮。

世上的嘈杂曾让我烦透，
现在又让我悲伤和孤独，
而我以为被忘却的初恋
又甜蜜地出现在我心头。

考 验

爱　情

灵　感

一只色彩斑斓的孤鸟
落在一个女孩肩上,可她
竟拔去它漂亮的羽毛,
用这件华丽的彩服制造了痛苦。

柔软的绒毛,还带有身体的余温,
残忍的嘴一口把它吹散。
这鸟,就是我的心;那恶作剧的女孩
就是我提起来就忍不住要流泪的那人。

她喜欢这玩法,我却心情沉痛,
我伤心地望着心中的美
被她取乐,吹去苍茫的天空。

她爱扬起头，用嘴中的气息
吹去我的梦。我就是那所谓的诗人，
可要是没这一吹，我就什么也不是。

疯 女

她来来往往，向四周的小孩
讨要她在德国见过的花，
一朵纤弱、灰暗的山花，
芳香扑鼻，如爱情的表白。

她曾去德国旅行，回来之后
便染上了忧郁症，念念不忘
也许她在德国见到过的花儿，
那朵花有种奇特强大的魅力。

她说，吻着花冠，仿佛到了另一个世界，
闻着它奇异的香味，眼前出现新的天庭，
还说，从中能感到某人幸福可爱的心。

许多人都去寻找她要的这朵花，
可这种花太少，德国又太大：

于是她在回忆花香中离开了人间。

献　词

与这些诗来一次亲密接触，
原谅我，为了遮人耳目，
我歌颂爱情却没提你的名，
我写得更多的是别人而非自己。

可这些诗对别人毫无价值：
诗中的爱情只向你倾诉；
别人见不到我爱的女子，
因为我没说，你又很清楚。

你深夜哭泣时，就像长明灯
幽幽的光亮，与将熄的炉火相映，
它只在暗处闪烁，天一亮就灭。

就像长明灯幽幽的光亮，
这些诗，只为你心中的夜而作，
一旦被人读到，它就黯然失色。

达娜伊特①

所有的女孩,全都叉着腰提着瓮,
卡莉蒂、莫娜、阿加威和泰阿诺,
她们成了奴隶,怎么也干不完活,
不断地从井边提水跑往漏水的桶。

唉,粗陶磨肿了白嫩的肩,
纤弱的手臂累得提不起瓮,
"真可恨,你这个无底洞,
我们怎样才能止住你的渴?"

她们跌倒了,泼了水心里惊慌;
可最小的妹妹,不那么哀伤,
她唱起歌,让姐姐们恢复勇气。

我们的幻想就是这样的结果和命运:
它们不断跌倒,年轻的希望女神
总对它们说:"让我们重新再来!"

---

① 达娜伊特为希腊神话中埃及国王达那俄斯的50个女儿的总称,她们在婚礼之夜,除了一个女儿之外统统杀死了自己的丈夫。为此,她们被罚下地狱,每天往无底的酒桶里装水。"达娜伊特的酒桶"现已成一个成语,意为"做劳而无功的事"。

劝 告

对你来说,孩子,世界一片崭新;
你的德行像窝中胆战心惊的鸽子,
颤抖着望着春天的欢欣,
寻找平安生存的奥秘。

这就是奥秘:爱金子只因它纯;
打扮要洁白朴实,
要在头上戴紫罗兰,
只因它美得朴实自然。

但愿在你的眼里,装扮
是所有美的德行之象征,
奢侈妒忌的正是内心的这份简朴。

当你天真地从世俗的舞会回来,
取下已经枯萎的装饰,
你喜欢的一切仍然存在。

音　符

为什么呀，我发不出一点儿声音！
我烦恼得要命，明明感觉到我的诗
在胸中萌生，却不能更富创造性地
把痛苦放入胸中，就像我曾安置我的心。

轻盈的歌从嘴唇一直飞到天上，
后面留下了一道响亮的印痕，
返老还童、比歌更轻的灵魂，
探索着它今日哭泣的古老天堂。

音符就像诗歌脚下的翅膀；
如同风的双翼使露水战栗，
它让诗颤抖得更清脆响亮。

美女啊，一个词，哪怕再怎么温柔
也会把你吓坏。你从不说却敢唱，
也许，你能屈尊听听谱了曲的词。

忧　虑

今后，我愿对她很好很好，
以至她盲目地自以为可爱；
我将对她说"请"，而不再指手画脚，
如果做错了事，我将向她道歉。

可我却在心中不断地嘀咕："不！"
我所有的自尊都对着奴性的爱大喊。
不！我要堂堂正正，遂自己的意愿，
怕被抛弃的，是她，而不是我。

有时，我把自己的弱点全向她暴露；
有时，我故意跟她作对，心怀嫉妒，
我觉得自己的反叛和伤害有点残忍。

可她不明白，只觉得我很是卑鄙，
哦，如果你只是个旁人，我会很温存！
我之所以变得狠心，是因为你太过美丽。

背 叛

爱得那么深,醒来真是残酷!
你自以为躲在窝里,前有篱笆,
安全地深藏。骗人!你是害怕
曾大胆地冒险熟睡,一切不顾。

忠诚与背叛,有着同样的面目!
你甚至不再相信真正的泪水;
如果友情包扎了你受伤的部位,
你巨大的失望又扯掉这块纱布。

最近的侮辱,你尝到了它的苦味,
你善良的心充满痛苦却又不承认,
它经受住了考验,并因此感到安慰。

但如果你想永远留着你的怨恨,
那就在阳光下行走,避开苍白的月光,
惧怕你最甜蜜的回忆,甚于害怕死亡。

亵　渎

美啊，你让这些躯体美如圣殿的雕像，
难道你被众神嘲弄，到了这种程度，
以至于从天而降，把自己献给娼妇，
让死去的心，拥有你的灿烂与辉煌？

请让纯洁强壮的心，美丽依旧；
难道够得着你的人就那么珍稀？
强笑着，掩饰耻辱及其内疚，
你该是多么低声下气。

美啊，你在亵渎自己，快返回天庭；
别在娼妓的脚下贬低才华与爱情，
它们去那里，只为了把你寻找。

永远离开那些白白胖胖的女人，
要不，就依照她们空空的灵魂，
给她们安上一副真实的外貌。

给挥霍者

心不脆弱,它用坚硬的金子铸成:
可我希望它像粗陶烧制的盆瓮,
只能用一段时间,而后化作灰尘!
可它用不烂,痛苦啊,它已变空。

享乐老在瓮边贪婪地打转:
兄弟,别让这家伙大口啜饮;
要好好看住瓮中的清泉,
多年积聚的财宝一夜就能耗尽。

省着点用。可那些缺乏理智的糊涂虫,
火红的酒神节里他们提着美丽的陶瓮,
里面的香气已在庸俗的偶像脚下散去。

忠诚或负心的情郎,将来总有一天
会发现美女的红唇贴在他的胸前,
可他张得大大的心已倒不出任何东西。

伤　口

士兵被子弹击中，大喊一声倒地；
人们把他抬走，用香脂消毒伤口。
伤口不久愈合，一个晴朗的日子
士兵以为枪伤已好，放心地行走。

可是，每当潮湿阴暗的天气一到，
他就觉得过去的伤口又隐隐作痛，
这时，他才发现枪伤并没有全好，
铁的纪念品正在受伤的地方作痛。

同样，随着我思想的天气变幻，
灵魂中旧日曾经受伤的地方，
我所担心的忧虑又重新复返。

一滴泪，一首悲歌，书中的一个字，
我那么喜爱的碧天上的云，
都让我感到旧愁在心中啮噬。

命　运

要是在没那么漂亮的眼睛下懂得爱情
那该多好！那我就不会这么长久地
在世上忍受这唯一不灭的难忘回忆。
它离得再远，对我来说也记忆犹新。

唉，我怎么吹得灭这淡蓝色的眼睛，
像吹蜡烛？它在我孤独的心中亮闪，
我无法轻松度过一个夜晚，
哪怕披着坟墓漆黑的阴影。

我真希望自己能像大家一样，
爱的首先是气质，而不是折磨人的美！
这种美，欲望达不到，心也承受不了。

我本来可以随意自由地爱；
可我的情人，非我选择的情人，
我再也无法替换，就像姐妹。

他们去哪?

殉情者,他们不会上天堂:
因为那里没有黑夜、小溪
和小路,在那神圣的地方,
没有比吻还甜蜜的东西。

他们也不会下九层地狱,
因为他们已被红唇烤炙,
恶魔的指甲挖他们的心,
还让他们互相猜忌蔑视。

他们去哪?如果心在墓中依旧,
怎样的巨大痛苦,怎样的快乐,
才能比得上他们有过的悲与喜?

既然他们生前就有过地狱与天堂,
有不断的恐惧和无穷的渴盼,死后,
他们将魂飞魄散,彻底消亡。

救世的艺术

如果除了天蓝和海蓝没有别的蓝色,
除了麦穗别无金黄,除了玫瑰别无他红;
如果说美只存在于冷漠的东西当中,
那么,欣赏就会其乐无穷。

但有了海洋、乡村和天空,
也就有了迷人而痛苦之物,
目光、微笑和动作都太美,
它们可爱得早就让人心动。

女人啊,我们爱你,痛苦由此而来。
上帝用双方的和谐创造了美,
也用单方的叹息创造了爱。

可我愿意,用神圣的艺术为盔甲,
看看嘴唇、眼睛和金色的头发,
就像看玫瑰、天空、麦穗和大海。

埋　葬

他们对我说:"保密是强者的表现:
你不尊重生活中的悲伤,
寻欢的眼里无痛苦迹象。"
啊,我曾付出多少努力以坦诚相见!

为了拯救短暂可爱的身体,
渎神的防腐师勇敢地把手
伸进死者体内,不安但不内疚,
高明地把防腐香料放到里面。

我也用伤悲为自己创造了一门艺术:
我的诗,比没药①和甘松草更能防腐,
它们将为我充满爱情的青春保鲜。

我在心底给它挖了一个坟墓,
为了保鲜,我要把它紧紧封闭,
为了防腐,却要违心把它打开。

---

① 没药,为橄榄科植物地丁树或哈地丁树的干燥树脂,具有散瘀定痛、消肿生肌之功效,据说能防腐。

怀　疑

勇敢的虔诚

上帝啊，如果在某个穷乡僻壤，
我喝羊奶，一个人独自长大，
无人照顾，心麻木，嘴结巴，
靠思想和眼睛费力辨认光亮，

那我就能自由地投入你的怀抱，
享受被学习剥夺的巨大快乐；
如果信仰宗教，好奇而不狂热，
我就不会失去宁静和骄傲。

可它们都猛烈地扑向我的灵魂。
在宣布你到来的那天让我瞎眼，
只在我心中晃动着幽暗的火焰。

你道路的两旁竖起那么多圣墙,
以至我一路走一路拆也见不到你,
以至我的虔诚变得与渎圣无异。

祈　祷

我很想祈祷,满怀哀怨,
残酷的理智要我忍受悲伤。
基督教修女虔诚的誓愿,
殉道者的血,圣人的榜样,

我迫切的爱,深深的悔恨,
我的泪,都不能使我重获信仰,
我的忧虑,渎神而又神圣:
我的怀疑,暗中诅咒欲望的上苍。

可我想祈祷,我太孤独,
我双膝跪在地上等您,
主啊,主,您在哪里?

我枉然地合上双掌,头枕着《圣经》,
重念我的嘴勉强能够拼读的"信经",

眼前的一切都感觉不到。这真可怕。

坦然赴死

《对话录》把一道天光投向灵魂,
可没什么比《福音书》更加甜蜜。①
它小心地给脆弱的理智涂上香料,
又像奶轻轻流淌,没药般的味道。

在它纯粹的教谕中什么都不用证明,
一切令人欢欣:广施圣油的行善人,
英武和德行,会宽容卑贱的臣民,
迎向耳光的脸颊,接受考验的灵魂。

据说弥留者在这本圣书中获得信仰:
当理智枯萎,它使人陶醉,使人平静,
垂死者在那儿找到慷慨的支持和安宁。

神甫啊,你让我抗拒你的额头大汗淋漓,
我脆弱得无法生疑,也许我走向死亡时,
带着基督徒的希望,会不那么忧伤。

---

① 《对话录》为希腊哲学家柏拉图的文艺理论著作;《福音书》为讲述耶稣生平、教义的宗教著作,共四卷。

大熊星座

大熊星座,瀚海中的群岛,
早在牧人游荡于加尔代①之前,
不安的灵魂尚未进驻肉体,
它还没被发现,就已熠熠闪耀。

从此,数不清的生者凝视着
它盲目泼洒的遥远的星光;
在每个人的眼里它都不一样,
大熊星座将照亮最后一个死者。

你不像信徒,信徒会对此感到吃惊,
哦,那张真切单调、不可改变的脸,
就像钉在黑色床单上的七枚金钉。

你明显的迟缓和冰冷的光线,
使信仰错乱:是你最早最先
让我审视自己的晚上的祈祷。

---

① 即巴比伦王国。

消失的喊声

某个距今很远的人出现在我眼前：
一个建造高大金字塔的年轻劳工，
他消失在那些怯生生的人群当中，
为胡夫堆积的花岗岩把他们压扁。①

他弯着腰背负重石，膝盖在抖颤，
加上暑气逼人，他累得站立不稳；
额头涨得通红，显出一条条皱纹，
突然他大喊一声，像树一样折断。

这喊声震撼阴森的天空，让空气战栗，
它飞啊，升啊，来到无数繁星中间，
占星家在那里看到了命运凄惨的游戏。

它飞啊升啊，寻找着上帝和正义，
三千年了，在这巨大的建筑下面，
胡夫枕着荣耀熟睡，身体没有变质。

---

① 胡夫金字塔是埃及金字塔中最大的金字塔。

皆有或全无

我有两个愿望,它们颇为相像,
粗布苦衣①和茸毛细细的玫瑰;
玫瑰要永远不会枯萎,
苦衣死命磨着皮肤,又痛又痒。

因为暂时的安慰只能激起痛苦,
最轻微的不安是最大的不幸,
如果要高高兴兴地度过一生,
宁愿真痛苦,不要假幸福!

清廉的苦行,或放纵的狂欢!
厌恶财物,保持清白;
或尽享爱情,无怨无悔。

可纯洁或卑鄙,我都感到以赛亚②的木炭
和心怀敌意的女人极可爱的吻
轮番惩罚和温柔我的唇。

---

① 苦行者穿的粗毛衬衣,古代常用来惩罚人。
② 以赛亚,《圣经·旧约》中的人物,《以赛亚书》的作者,生活在公元前8世纪,以先知的身份侍奉上帝。

搏 斗

每晚,我都被一种新的怀疑折磨,
我向这怪物挑战,肯定,否认……
这陌生的恶魔驱之不去,
在我失眠之时更显得吓人。

静静地,双眼圆睁,没有烛火,
我想拥抱这个巨人,死不放松,
在我狭窄的床上已无欢乐,
我搏斗,却动不了,如在墓中。

有时,母亲过来,提灯照着我,
见我大汗淋漓,便问我说:
"孩子,你不舒服,为什么不睡?"

我被她替人担忧的善良所动,
一手放在额头,一手捂着前胸,
说:"妈,我今晚在和上帝搏斗。"

红或者黑

帕斯卡尔[1]，为得到拯救该信哪个上帝？
——你不知道？信我的上帝最保险。
是或者不是：被迫承认这二者之一，
打赌。追求红，或者黑，始终不变。

为了不朽的荣誉，宁舍生之乐趣；
要对付永恒这最难做出的抉择，
交出生命无疑最为明智，因为
最肯定的生命也斗不过多变的天。

可怜我，大师！我伸出手又缩回，
我这个被赌台吸引而又推开的赌徒，
举棋不定，生活是多么合理甜蜜。

我整个人都厌恶这非人道的挑选；
心在理性湮没之处自有它的道理，
如果深受其害，错的是你的盘算。

---

[1] 布莱兹·帕斯卡尔（1623—1662），法国17世纪数学家、物理学家、哲学家，他在理论科学和实验科学两方面都做出了巨大贡献，主要著作有《思想录》等。

在古玩店里

在无数杂乱的破烂堆中
有个旧象牙基督,面朝大街,
与它失去的信仰作最后道别,
无力的膝盖日渐失去作用。

对面,维纳斯,旧艺术的荣耀,
从落到腰间的衣裙中露出身来,
自然而神圣,尽显赤裸之美,
没有手臂,犹如相缠的藤条。

无限的柔情,宁静的快感,
不再施与行人半点温暖,
一个双手被钉,一个双臂折断。

不仁的男人转手把它卖掉;
一个不安之夜,女人跟他讲价:
醉人的拥抱啊还能去哪找?

上帝们

劳动者的上帝就像一个很老的国王,
有血有肉,统领着自己播种的地区,
神甫的上帝也在统治,范围很广。
三位一体①,圣灵、圣子和圣父自己。

自然神论者盯着远处的一个纯物,
不知是什么,世界就由它开启;
嘲笑他们宗教错乱的博学之士,
把他的上帝叫作自然,奉它为教条。

甚至康德②也不肯定是否存在什么东西,
费希特③侵占了凄凉的空庙,神化自己,
以为这样世界上就不会缺少神灵。

于是,数不清的疯子,永不停歇,
从虚无变为崇拜,从亵渎变得虔诚!
上帝并非没有,可谁也不是:它是一切。

---

① 三位一体为基督教主要教义之一,该教认为上帝只有一个,但具有三个不同的"位格",即"圣父""圣子"和"圣灵"。
② 康德(1724—1804),德国哲学家,德国古典唯心主义创始人。
③ 费希特(1762—1814),德国古典主义哲学家。

好　人

这是个随和的好人,身体欠佳,
他一边仔细地擦着眼镜,
一边用格言概括神的本质,
简单明了,让人大为震惊。

这位智者明确地指出,
善与恶都是古人的废话,
是木偶戏中会动的人物,
人的手根据需要把线牵拉。

他虔诚地敬仰伟大的《圣经》,
不愿从中见到违背本性的神灵,
对此,犹太教表示强烈的反对。

他远离犹太教,擦着眼镜
帮助学者去数天上的星星,
这个斯宾诺莎的信徒确实和蔼。

迟　疑

数不清的太阳啊,你们和我一样,
甚至比我更加无知,竟然不懂
自己运动的原理,乖乖地滥用
颤抖的阳光,把深谷染得金黄。

刚盛开的玫瑰,你也什么都不知道,
睡莲、花朵和树木,你们也是如此。
不可见的世界和我看到的人世
全然不知我也不知道的计划和目标。

到处都是无知;神明不会在凡尘
也不会在黑暗的原子中挺身而出,
大声地说:"我来了,我就是神!"

奇特的真理,绞尽脑汁也想象不出,
对心和脑来说,它都是拦路之虎,
愿宇宙和一切都在不觉中成为神!

忏 悔

我的一桩罪孽步步紧跟着我,
抱怨自己在神秘的怯懦中变老;
内疚的利齿使它无法保持沉默,
我一不留心,它就独自大叫。

我想在一个善良者的胸中
把沉重而讨厌的秘密摆脱,
为找到黑夜,我在地上挖洞,
向上帝轻声忏悔我的过错。

幸福啊,被神甫宽恕的罪犯;
他行凶杀人的血已经擦干,
那可怕的时刻再也不会重现!

我向上帝忏悔了一切,毫无隐瞒;
大地长出荆棘,在我说话的地方,
我丝毫不知自己是否已被原谅。

两种眩晕

旅行者,站在高高的山巅
透过蔽目遮眼的粉色雾气,
用恐惧这个巨大的探深器
测量颤抖的脚下无底的深涧。

我太鲁莽,这一看让我受害匪浅,
我站在理性的高处,惊讶地
探测这骗人的世界无尽的深底,
结果内心的深渊便处处跟在身边。

深渊不同,可我们的不安却都一样:
旅行者因深不可测而吃惊而不信;
上帝激起的恐惧在我眼前闪亮!

不过,他的眩晕不会使任何人吃惊:
他苍白,战栗,人们觉得这很正常;
而我却像个疯子;我不知什么原因。

疑 惑

白色的真理躺在深深的井底。
大家从不注意也没有人避开;
而我却独自去冒险,由于爱,
我穿过最黑的夜爬到了井里。

我把绳子一直松到了头,
尽可能把它放得最长;我四顾
目光惊恐,伸出双臂触摸,
什么都没看见没触到,我在晃悠。

而它却在那里,听得见它在呼气;
我像个永恒的钟摆,被它的引力所吸,
来来回回,徒劳地在黑暗中探摸。

难道我不能延长这飘荡的绳索,
也不能重见欢快地诱我的阳光?
难道我该在恐惧中一辈子摇晃?

坟　墓

人们以为他已经死亡，而他
却突然醒来，麻痹之身战颤；
他叫喊，没人！低沉的抱怨
似乎从天花板上奇特地落下。

黑暗沉沉，如巨大的黑锅，
他独自倾听，转动着由于黑影
和越来越强烈的恐惧而麻木的眼睛，
在无限的黑暗中狂乱摸索。

无人！他想站起，无力而缓慢，
可他的脚、他的头和他的腰，
可怕呀，同时撞上了六块木板。

睡吧，别再抬起你虚弱的身，
活埋的滋味要是你不想尝到，
我的心啊，你别跳也别出声。

梦　幻

休　憩

不要爱与神这双重的恶，
也不再用热吻追逐胡蜂，
钻研累了便想休息放松，
停下疲惫而徒劳的工作。

不要爱也不要神，愿我能习惯
感觉不到心中强烈的欲望，
不再因众多的秘密而疲惫不堪，
最终，能幸福得像个雕像，

快乐地在方形底座上安家！
从自然那儿借来严肃的生命，
一片青苔给它充当绿色头发。

牵牛花成了它永无叹息的嘴唇；
友好的长藤是它的腰，树叶是心，
他含笑的眼睛由两朵常春花做成。

午　休

我将躺在草地上度过夏天，
头枕着双手，眼睛半闭，
不用叹息去搅乱玫瑰的呼吸，
也不打搅响亮的回声浅浅的睡眠；

时间匆匆，沧海桑田，我将无所畏惧
献出自己的血肉、骨头和全身，
安静地让无数忙于事业的人们
在普遍的秩序中保证我的休息。

在阳光照耀金光闪闪的亭阁下，
双眼畅饮蓝天，那无穷的欢欣
将透过眼皮，钻进我的内心。

我将想起人们："他们在干吗？"
爱与恨的回忆将伴我进入梦乡，

如同遥远的大海不息的喧响。

天　空

当人们躺在地上，一动不动，
天显得更高远，更晴朗壮丽，
人们喜欢一边轻轻地呼吸，
一边看轻云逃逸在美丽的空中。

天上应有尽有：雪白的果园，
飘扬的披巾，飞来飞去的天使，
还有滚烫的牛奶，溢出了杯子。
只见它千姿百态却不见其悄悄变幻。

然后，一朵云慢慢游离、散去，
接着又是一朵，蓝天纯净明亮，
更为灿烂，犹如散去水汽的钢。

我也这样伴岁月不断老去，
如同搅动云雾的一声叹息
我将在永恒中飘散、消失。

在河上

我只听见河岸与流水的声音,
听到每小时泪洒一滴的岩壁
或幽泣的泉水逆来顺受的悲凄
以及桦树叶隐隐约约的战兢。

我感觉不到河水拖拽着小船,
流动的是河岸,我并没有动;
在我双眼掠过的深深的水中,
倒映的蓝天像帷幕一样抖颤。

这河水似乎在睡眠中蜿蜒
起伏,它已忘了岸在哪里,
落在水中的花朵也在迟疑。

同样,人所渴望的一切,
都会来到生命的长河,
却不教我该如何选择。

风

狂风在天上恶狠狠地呼啸,
大块的云雾像在互相追赶,
枯叶乱舞声音如洪钟一般,
林中不知道什么兽群在号叫。

我闭眼倾听,相信自己听到
为了自由而日夜不停的激战:
被抓被放的那些人高声叫喊,
丧心病狂的国王们竟然开炮……

可我今天任这历史的狂风
把我乱作一团的回忆吹动,
却唤不醒我的意愿和悔恨。

正如这暴风雨白来了一趟,
它狂怒地经过,抽打我身,
但除了乱我头发又能怎样?

Hora Prima[①]

尚未醒来,我就问候了白天;
金色的霞光沐浴我沉重的眼皮,
我还在睡眠之中,第一道晨曦
就已穿过睡意,透入我的心间。

当我一动不动地躺着,就好像
石墓上雕刻的亡者,安详宁静,
一道道灵光就已飞出我的天庭,
还未睁眼,全身就已遍布阳光。

黎明时分鸟儿清新纯洁的问好,
我已隐约感到,让我的心格外亮堂,
看不见的丁香味儿弥漫在我身上。

摆脱虚无而又远离尘世的喧嚣,
那一刻,我尝到了既没有醒来
也没有睡着的幸福与甜美。

---

① 拉丁语,意为"最初的时刻"。

致康德

我愿做着一个个梦,不停地与你
逃离现实这呇啬而冰凉的地面,
对于被它撩拨激醒的灵魂,梦
总是心平气和地接待,热情洋溢。

你说过,这世界无非是梦一场,
是沉思者抓不住的幽灵,
它面目狰狞,虚幻无形,
没完没了地不断产生理想。

每个感官都有梦:或芳香或温馨,
有声有色美丽,所有的梦都是一个;
人给这些无用的幽灵创造了外形。

我虽激动,却对动人的缘由毫不知晓,
被我叫作天空的是我本人,我头晕目眩,
身上的真实之处连我自己都难以感到。

遥远的生命

未出生的人,明天的人们
他们隐约听到,如沉闷的低语,
锤子的猛击,盔甲猛烈地碰撞
以及小路上匆匆的脚步声。

听波涛细语,头顶参天大树,
这嘈杂对他们来说仿佛盛宴,
他们已在成熟的处女腹中躁动,
全都在渴望未来的生命与幸福。

难道没有一个返回阴影中的死人
告诉他们这赞歌由无数叫喊组成,
他们正静躺在张着大口的地狱上方?

以便这些既没有泪也没有笑容的幸运儿
不要有什么奢望,乖乖地在虚无的四周
倾听原子那可咒的旋风轻轻作响。

翅　膀

天空啊，你可以作证：那时我还年轻，
鲁莽大胆地要求得到一双翅膀；
垂涎永恒的苍穹，在如此低的地方，
但我的愿望并未破坏你自豪的宁静。

空气令人窒息，我感到自己死了一般。
可天是那么纯净！我渴望新的季节；
这也是你的错，因为你把我们召唤，
用你壮丽的蓝天，用空中飞翔的小鸟。

现在我疲惫而沮丧，我太贪心
要那么大的空间来容纳我的梦想。
可你为什么要报复那无力的爱情？

哪个妒忌的坏天使，为了自己开心
在我后背插上了他那双巨大的翅膀，
还不断地扑动，一直重压在我身上。

最后的假期

幸福啊,七岁就离开人间的小孩,
还没到心该为享乐而滴血的年龄
他就因衰竭而亡。他圆睁着眼睛
看着金色的橙树下变蓝的地中海!

他埋头读书不再听大人的话,
能自由地消失他感到异常高兴。
再也没有老师!是他让别人听命,
母亲成了姐姐,而不再是妈妈。

他击败了强者,用自己的短处;
他得到了想要的东西而不等别人给他,
在被原谅之前,他已因苍白得到宽恕。

他调皮偷懒,心安理得,受人宠爱,
一天晚上,他目随着小船飞驰出海,
做着旅行的美梦,离开了这个人间。

梦的真相

梦，生自暖袋的阴险的蛇，
在我的双臂缠上讨好的绳，
用唾沫把媚药涂上我的唇，
还逗我乐，用变幻的颜色。

它从枕头底下爬出，从此
我流动的血如火热的岩浆忽被凝住；
它用盘结俘虏我，它的目光逼我为奴，
我仿佛觉得别人在借用我的身体。

我很快就尝到它温柔的痛处；
在它的重压下徒劳地蜷缩，
我重新跌倒，无法将其摆脱。

它的牙在找我的心，又翻又咬；
我死了，完全被残余的梦所惑，
"沉重的怪物，你是谁？""烦恼！"

行 动

Homo Sum[①]

我的这一生就像在荒漠中,
在梦里,诅咒着劳动一族;
像个什么正事都不干的懒人,
自我陶醉,不知工具有何用。

周围有人痛苦地一声叹息,
从城市和战场传到我双耳,
是胸前中弹跌倒在地的战士,
是睡在草垫上可怜的孤儿。

啊,谁无视别人的痛苦,平静地
支起帐篷,享受没有阳光的幸福,

[①] 拉丁语,意为"我是人"。

还心满意足？这样的人太冷酷。

我做不到：那声叹息像是责备
挥之不去，某种人性的东西
触动了我的心灵，让我为人担忧。

故　乡

来吧！不要一人独行在妒忌的小路，
而要沿着众人来往的大道阔步前行；
人只有结群才显强大、善良和公平，
万众一心才算完整，个体皆有不足。

死者让他步其后尘，毫不留情；
故乡让最可骄傲的人层出不穷，
他的名字往往让人自豪和感动，
激情如波浪，从胸口涌向眼睛。

来吧！广场上吹过一阵大风；
来吧！英雄豪气弥漫在空中
让人呼吸，甩掉忧郁的颓丧。

让心灵之风吹过你的竖琴，

你的诗像小旗一样飘个不停,
又像是鼓,在心中咚咚敲响。

梦

梦中,农夫对我说:"自己做面包,
我不再养你,去播种,去耕地。"
织布工对我说:"自己做衣裁裤。"
泥瓦工对我说:"快快拿起砖刀。"

我独自被各行各业的人抛弃,
到处受到他们无情的诅咒,
当我乞求上天怜悯的时候,
我发觉路上横着几头狮子。

我睁开眼睛,不知黎明真假:
勇敢的伙伴们吹着口哨爬上木梯,
农田已被耕种,纺机隆隆作响。

我感到了幸福,认识到人生在世
谁也不能吹嘘可以独自生存。
从那天起,我爱上了所有的人。

地 轴

阿特拉斯①大汗淋漓,眉头紧皱,
他双手叉腰,鼻孔鲜血直流,
哭泣着、呻吟着,头顶着天,
粗硬的长髯垂在宽阔的胸前。

"去制造犁铧、马嚼和撬棒!"
他对那些害怕干活的人大喊,
"征服了野兽、森林和大海,
就去对付岿然不动的众神。

"他们把最重的担子压在我身上;
难道你们的灵魂如此苍白胆怯,
我在为你们受苦,你们却在闲逛?

"去搬动高山或崛起巨大的城市,
与众神搏斗,别让我白白地头顶苍天,
坚强的双膝徒劳地撑着,永无休止。"

---

① 希腊神话中的巨人,普罗米修斯的兄弟。他反抗主神宙斯,攻打奥林匹克山,失败后被罚用头和手在世界极西处顶住天。

轮

轮子的发明者,陌生的半人半神,
你第一个把柔软坚硬的槭树折弯,
制造了这古老的工具,代代相传,
它美丽的圆圈中心有一颗星辰。

由于俄耳甫斯①和你,由于竖琴和轴心,
沉重的大理石也能穿洋过海行走,
由于过重而留在原地的石头
也像沙子上的水,可以流动前行。

当大地因响亮的滚动而呻吟,
最棒的骏马也在地狱里把你崇敬,
它们想起曾经快步拉动的大车。

可奥林匹斯②大车的轮子多么缓慢!
你看,它在颤抖,在飞跑,在逃窜,
滚烫火热,由于你没想到的快速。

---

① 古希腊神话中的诗人与歌手,他的琴声能使神、人闻而陶醉,就连凶神恶煞、洪水猛兽也会在瞬间变得温和柔顺、俯首帖耳。
② 奥林匹斯山被古希腊人尊奉为"神山",统治世界、主宰人类的诸神就居住在这座高山上。

铁

我们忘了土地是多么坚硬,
牛慢慢地拖着犁铧,利刃
剖开农田,卷起麦秆杂草,
大块大块的沃土倒个翻身。

这活儿让手流血,铁却能忍。
它比榆树柔韧,比岩石坚硬,
任务没完成它就忠诚地挺着,
在压力中忍耐,不因碰撞变形。

啊,你们这些有爱有才的善者,
各个时代被诅咒或被赞扬的人,
我不加选择地爱着你们!

而如能挑选,我更欣赏新生一代,
可我要宣布,人类的第一个救星
是第一个凶手的后代,土八该隐[①]。

[①] 据《旧约·创世记》,土八该隐是该隐的后代,是铜匠和铁匠的祖师。亚当与妻同房生下亚伯、该隐,该隐打杀兄弟后受到神的赶逐。该隐与妻同房生以诺,以诺生以拿,以拿生米户雅利,米户雅利生玛土撒利,玛土撒利生拉麦。拉麦娶了两位妻子:亚大、洗拉,洗拉生下土八该隐和拿玛。

受苦者

布满灰色怪物的铁匠铺响声阵阵。
巨大的锻锤，尖利刺耳的锯子，
削铁如泥、毫不留情的剪切机，
暴躁的轧钢机冷冰冰的刀刃……

一切都在怒吼。在这神秘的地方，
白天是黑夜，黑夜是火热通红的午间，
人们似乎看到但丁[①]仰着脸，
边走边盘问，带着永久的失望。

对顺从而忧伤的力来说，这是地狱。
"为什么老是推我挡我跟我过不去？"
他问，"这乱象我已尽力对付。"

可人类比它勇敢，猜测它的潜力，
拥有许多它所不知道的秘密，
无限期地推迟它休息的时间。

---

① 但丁（1265—1321），意大利诗人，中古到文艺复兴的过渡时期最具有代表性的作家，《神曲》的作者。

剑

这柔韧、锋利、尖锐的铁刃
是什么东西?它挖的不是土地,
劈的不是石头,削的也非树枝,
它用于什么艺术,惩罚什么坏人?

它是工具?不,因为正派人恨它。
人们喜欢的不是沾湿它的汗,
而是看到它长时间绿锈斑斑。
"泛着蓝光红光的铁条,你是啥?"

"我是剑,制造尸体的家伙,
如同雕刻家手中的凿子,
我是国王们杀人的武器。"

"我每年都得砍掉人类的花朵,
直至有了神圣的法律保护,
肉体都披上盔甲,刀枪不入。"

致新兵

你们顶着烈日,在野外行走,
在坑洼的路上推着沉重的大炮,
国王们根本不知你们的姓名,
你们也不知他们复杂的深仇。

你们可能会被远方的流弹击中,
或置身于盲目残暴的混战,
带着被弃的恐惧结束一生,
心里却渴望和梦想家乡的泉水淙淙。

我们这些幸存者也将战斗;
哦,节俭一生的农民之子,
我们将不再购买卑鄙的享受,

而是要劳动,我们深感内疚,
因为别的年轻人已经洒出热血,
也许,我们也会受伤会牺牲。

在深海里

海洋的深渊让潜水者赏心悦目:
神秘的春天,五彩的伊甸园,
在清流中不断开花,默默战颤,
那激流就是蓝色深渊里的微风。

数不清的闲逛者,蓝天的巨鸟,
被生机勃勃的植物紧紧拥抱,
在雾蒙蒙如苍白黎明的日光下,
呼吸着海洋的气息,潜入深渊。

远离海浪之处,有根沉重的巨缆,
那是为灵魂连接两个世界的桥梁,
架在藻类和珍珠细沙铺就的床上。

人类曾想从天上获取的雷电
如今已被沉入深深的海底,
成了乖乖地听他命令的信使。

向　前

所以说这是真的！大地已老成这样！
啊，讲讲它怎么找到了坚硬的轮廓，
混沌初开的迷雾，与日光一道拼搏，
浩瀚无边的海洋，升起长草的陆地。

可怕的长翅蛇，笨重的乳齿象，
纯洁的空气，蓝天、玫瑰、夏娃
还有爱情，全世界在向前不回头，
大地在数着它缓慢而稳健的步伐。

告诉我，它不知疲倦，
不停地在远古的深渊
向往未来难以形容的美。

好奇而冷酷的学者啊，你已揭开
充满生机的大自然仍然温热的襁褓，
至少要证明这一理想，如你感觉不到。

现实主义

她走了！可出于真爱，我要把她
完整地留在饱含感情的肖像画里，
逼真如实的肖像，什么都不落下：
她的缺陷（同样可爱），她的美丽。

放下画笔！无情的画布上
画家理想中的人儿在微笑：
我要的就是她，与真的一样，
那种美只在她身上才能见到。

可是，太阳啊，最熟悉她的朋友，
当我们在一起时，请把最纯的光芒
照入她的内心，以便在她眼中闪亮，

你这个艺术家，稳健的手不会发抖，
来吧，来到我送你的镜前，印上
使我爱上她的每一缕阳光。

裸露的世界

化学家旁边尽是仪器烧杯，
曲颈的长瓶，怪异的蛇形管，
他认真研究力的无穷变幻，
巧妙地强迫它们一个个约会。

他解决它们极为隐秘的爱情，
猜测和晃动他们神秘的诱饵，
让它们结合，又突然分手，
有效地操控它们盲目的天命。

智者啊，你能看见完全裸露的力，
教教我如何在你的曲颈瓶底
透过颜色，读懂世界的内心。

请把我带进那黑暗的王国；
我渴望的正是无遮拦的现实，
它很美，尽管看似充满痛苦。

约 会

天已不早,天文学家仍在观察,
他登上塔顶,在寂静的天空
寻找着金岛银岛,夜色当中,
他一直看到天际发白初露朝霞。

星星一颗颗飞逝如颠起的种子;
厚厚的积聚的星云,闪光耀眼;
他盯着所跟踪的那颗狂乱的星体,
一再叮嘱,对它说:"千年后再见。"

星星会回来的。它丝毫骗不了
永恒的科学,哪怕一分半秒;
人会去世,但人类一直等它。

虽然目光会变但肯定有人留意,
即使星星回来时它们已经不在,
真理将独自登上高塔瞭望等待。

勇士们

它要去北极体验美好的冬天,
出发了,这条大船!强劲的海风
把船帆鼓得满满当当,
三条美丽的桅杆斜撑着九条船桁,

旗帜在飘动,如一头长发。
它在远处沐浴着阳光,
英姿勃发,美丽优雅,
驶向北方广阔无边的海洋。

我忧郁地目随它白色的航迹,
在前往目的地的途中,可能
它会被四周巨大的坚冰撞沉。

我的身边,站着船长的儿子,
在狂喜地吹向远雾的海风当中,
出发冒险的念头已在他心中萌动。

欢 乐

为了一小时空前绝后永不再来
前后都浸满悲伤泪水的欢喜,
你能够,你应该把生命热爱:
谁都有过幸福,哪怕只一小时。

一小时的太阳能使全天得到祝福;
假如你的手整个白天忙个不休,
一小时的夜依然会让死者羡慕,
他们甚至连一晚的相爱都不能够。

别抱怨,活着,就谈不上不幸!
世界上的人都妒忌你脆弱的心,
愿意用同样的代价来换取欢笑;

为了得到快乐,哪怕它持续很短,
高山愿经受无穷无尽的寒冷,
海洋宁可不眠,沙漠甘受烦恼。

致愿望

你还健在,神圣的愿望,
  拍动着翅膀
飞翔在各种东西之上
  落下就是快乐。

好奇的闲逛者,你懒得张开
  嘴唇,玫瑰?
从今以后,在干事业的地方
  已无新鲜的事儿?

青春之子啊,用你的热吻
问候美的脸,让你的热情
  深入真的内心。

还有思想,还有爱情!
愿你的焦渴总能得到满足,
  永远不断产生!

致奥古斯特·布拉歇[①]

朋友,我们都迷上了动词
及规则,你用权威的耳朵
内行地探听古代智慧的结晶
和学者们留下的难得声音。

你知道语态奔跑在哪条小路,
单词按什么规则变化和颤动。
而我,没研究这些,光知道用,
扳着指头,用它来数数。

我不知不觉观察你揭示的规则;
猜测着词汇及其神奇的结合,
琢磨其生活的奥秘和选词的技巧。

我们互换工作吧,让夜变得更温柔:
你告诉我蜜蜂的纪律和它们的习性,
我来采蜜,保证让您高高兴兴。

[①] 奥古斯特·布拉歇(1844—1898),法国语法学家和词典学家,欧仁妮王后的历史教师,著有《法语历史语法》《法语辞源词典》等。

意大利速写

帕尔玛①

空气温柔，寂静无声，
正午的巴马一片安宁；
城里只遇到一个神甫，
形单影只，踽踽独行。

黑色礼服权当教袍，
一直垂到他的脚跟。
他戴着长沿的毡帽，
穿短裤，拄着粗棍。

这神甫独自在马路当中
边走边祈祷，那身黑衣
把温柔灿烂的天空
涂得一团漆黑。

帕尔玛，1866年10月

---

① 意大利北部城市，建于公元前183年，19世纪初为奥地利控制下的公国。

弗拉·安杰利科[①]

日出之前，
当人们只看到
天边刚刚拂晓，
太阳微微照亮
慢慢苏醒的麦田，

白天，日光渐强，
玻璃窗开始发亮，
修道院的小圆柱
麻雀跳来跳去，

水井的四周，
月桂和葵花

[①] 弗拉·安杰利科（Fra Angelico，1395—1455），文艺复兴时期欧洲艺术家，他为多明我修道会虔诚的成员，一生大部分时间在佛罗伦萨工作。因为他只画宗教题材，故被称为"安杰利科兄弟"或者"弗拉·安杰利科"。

昂首向阳
花园在祈祷，
花上的露水渐消，

这时，安杰利科醒来，
霞光染黄了他的眼睛，
他感到天堂伴随着黎明
又回到了美好的人间。

一道长长的光线，
紫、红、蓝、黄，
穿过小屋的栅栏
给白墙染上珠光，
就像活泼的蜻蜓
亲吻纯洁的百合。

这僧人睁开眼睛，
用阳光作笔，
画着圣洁可爱的天使，
他们用美丽的翅膀
给圣母像搭起圆顶。

佛罗伦萨，1866 年 10 月

在一组古群像前

古希腊人的后代
多么幸运!
他是爱情与婚姻的结晶,
天生快乐,
血管里流着两股高贵的血。

是友好而粗鲁的潘①,
给了他的声音和心,
还把排箫放在他唇边;
孩子吹笛,牧神弹唱,
日课就在森林里上。

锻炼以强身健体,

---

① 希腊神话里的牧神,有着人一样的头和身躯、山羊的腿、角和耳朵。他喜欢吹排箫,他吹的排箫具有催眠的力量。他是创造力、音乐、诗歌与性爱的象征,同时也是恐慌与噩梦的标志。

让柔软的肌肉变硬,
他将来会强大、公平:
体育使他腰粗腿壮,
画廊派①使他道德高尚。

他是共和派的演说家,
反对可憎的波斯人,
这位讲雅典语的勇士
为了他的城市和众神
将不惜赴汤蹈火。

佛罗伦萨,1866 年 10 月

---

① 古希腊哲学家芝诺在希腊广场的壁画柱廊下开办学校,授徒讲学。因"柱廊"希腊文作"斯多亚 Stoa",故得名"斯多葛"(Stoikoi),意译为"画廊派"。斯多葛派认为宇宙的基本元素是火,人应"顺应自然"而生活,提倡禁欲主义。

油画板

天刚放亮,爱洛斯①
就在坦佩谷②与清风玩耍;
他最好的箭——也是最坏!
从他金色的箭袋里落下。

箭翼已经折断,
可更可怕的是
箭头凌空插进晨露,
像花朵在阳光中闪烁。

美少女们啊,湿草地
孕育着巨大的热情!

---

① 古希腊神话中的爱神,有诱使神与人相爱的无限威力,后来古罗马神话把他称为丘比特。据描述,这是一个英俊的青年男子,长着翅膀,佩带弓和箭,任何人只要被他的箭射中,就会不由自主地陷入爱河之中。
② 坦佩谷,希腊色萨利大区北部一个峡谷的古名,被希腊诗人誉为"阿波罗和缪斯喜爱的去处"。

千万别光着脚

在坦佩山谷里起舞。

      佛罗伦萨，1866年10月

阿比亚路①

荒蛮时代，到了该死的时候，
人们会坦然赴死，无怨无悔，
烧掉尸首，只留骨灰，这样
人就不怕腐烂的侵袭和嘲弄。

在墓穴的夜把潮湿阴暗的山峰
永远压在人们的头顶之前，
当信念混杂着希望和惊恐，
尚未把可疑的永恒带入坟墓，

坟墓绝不是一个可怕的去处：
罗马人走出加佩门②，行走在
阿比亚路上，视而不见

---

① 从罗马到布林迪林的一条古道，建于公元前312年，路的两边都是坟墓，现遗迹尚存。
② 罗马城门。

用目光尾随他们的古代证人。

温暖的阳光把石板染得金黄；
在这笑声朗朗的乡村荒野，
这些虔诚安静的墓碑，就好像
邀请生命做一次幸福的停歇。

那里不能允诺永恒的王国，
却是家族聚会的坚固房屋，
梅德吕斯为女儿所建的墓
成了加艾塔尼后裔的堡垒。①

如今，虽然到处挨骂，
新人新神也大打出手，
这里的废墟依然够高，
足以隐蔽行进的部队。

白色的躯体，目光阴森，
排列着躺在道路的两旁，
在真正的死者看来，
黄沙与镐头比腐烂还黑。

---

① 梅德吕斯和加艾塔尼均为意大利著名家族。

在四周越来越忧伤的田野，
游荡着古时的牧人和牛羊，
有时，天上，在坟墓上面，
站起一只黑色大狗，如同母狼。

罗马，1867 年 1 月

鱼市场

在罗马,每星期二,矮胖的姑娘
和高大黝黑的农民,便前往市场
出售他们从台伯河捕来的鱼。
他们搭起小棚屋,遮风挡雨,
用两块断裂的门拱。其中一块
早已破旧不堪,但没有落下来,
就像瞌睡者,摇晃着,却没栽倒。
货架上排列着长长的石条,
湿淋淋的鱼淌着水在蹦跳,
石头来自某个帝王破旧的墓碑;
黏稠的地面布满鱼鳞鱼鳃;
鱼肉在空气中散发着恶臭,
当着老主顾的面腐烂变质,
凄凉的门拱下白天也一片漆黑,
路灯在那儿睡觉,神色伤悲,

所有的角落都布满公共垃圾；
狭窄明亮的马路在远处消失；
许多家庭主妇，手拿皮夹，
在杂乱发臭的摊档里翻拣，
就她们看中的鱼讨价还价。

然而，阳光下的砖石中有三个柱头，
一千八百年过去，依然雪白如旧，
那是科林斯①一个雕刻家的功绩，
它们保留了此地辉煌的真迹。

罗马，1867年1月

---

① 科林斯是古希腊最富有的城市之一，公元前146年被罗马人摧毁，恺撒在那里修建了罗马人的殖民地。

大理石

使别墅变得迷人的
不是绿茵茵的草地,
也不是美丽的天际,
梦幻般静静的流水,

不是甜蜜的空气,
和暗绿色的老树,
而是映照在蓝天上
大理石诚实的光亮。

阿提卡和托斯卡纳的大理石
散发着雄伟明亮的光泽,
帕罗斯大理石,美如肉体,
彭代里克大理石,透明澄澈。

含有水晶的大理石

在阳光下泛着虹彩；
那是被勇敢的圣锤
所圣化的晶莹雪块。

给古老的红大理石
蓝大理石，蜿蜒着金纹的
黑色大理石，以及
坚硬的云母大理石

黄色或血红色的大理石
佛罗伦萨和苏斯的绿大理石
好好抛光。而热那亚大理石
只有强壮的胳膊才能磨得光。

让它们离开采石场的黑夜，
去忧郁的宫殿制造阴影；
我最爱的是宁静的天上
白色的大理石，石中的百合！

青春、美丽、圣洁，
又遇到一个能工巧匠，
唯有它才能让材料
与至纯的理想结合！

博尔赫斯别墅，1866 年 1 月

特朗斯泰韦里区①的妇女们

星期天，那里的姑娘和妇女
穿厌了六天破衣
勇敢地换上漂亮的衣裳。
不再是祖先耀眼的服装：
人会老，服装也会褪色；
而是她们最喜欢的鲜红，
好像从旗上剪下来的头巾
在她们棕色的皮肤上显得格外漂亮。
又粗又圆的手臂从肥大的袖中抽出，
衬裙清楚地显出她们宽阔的臀部；
丰满的胸和灵活的背
轮廓清晰，线条优美；
脖子挺拔，粗糙的胸衣
开着月形大口；作为自豪的首饰

---

① 罗马台伯河左岸的古街区。

一根银针,穿过沉重光滑

泛着蓝光的密密的头发。

长长的铜坠子在耳边闪亮;

弯弯的眉弓充满阴影,就好像

黑湖映照、雾气茫茫的山谷。

这些强壮健美的女人真让人赏心悦目,

当她们成群结队,比肩携手

沿着山坡在阳光下优雅地慢慢行走。

罗马,1866 年 12 月

孤 独

最初的孤独

有几个小家伙
总在阴森的校内哭泣:
别人在翻跟斗做游戏,
他们却待在操场角落。

鞋总是擦得那么亮,
罩衫熨烫得平平整整,
裤子也总是那么笔挺,
看起来一副乖巧模样。

力大者叫他们小女,
狡猾者说他们天真;
他们乖乖地交出玩具,
日后肯定当不了商人。

最胆小的人也欺负他们,
馋鬼都围在他们四周,
大家都以为他们富有,
因为他们从来洁身自好。

他们看见老师就浑身发抖,
光是影子就足以吓坏他们。
这些孩子,本不应该出生,
童年对他们而言太为艰难。

啊,作业完不成,
功课又听不懂!
被训斥,被罚站,
蒙受种种耻辱。

一切都使他们害怕;
白天,是钟声;晚上
当老师终于回家,
是大宿舍的凄凉。

昏黄的灯光晃晃悠悠,
照着铁床上的被褥,
沉睡者尖厉的呼噜

像冬天坟墓上的寒风。

当别人都昏昏熟睡,
他们却感到度日如年,
眼巴巴盼着星期天,
因想家而彻夜难眠。

他们想起小的时候
曾在柔软的摇篮里
舒服地酣睡,有时
母亲把他们抱到床上。

母亲啊,已故的罪人,
已离他们千里迢迢!
这些来到世上的生命
缺少必要的照料。

人们给了他们衬衫
和他们所需的被子:
可只有你们给的东西
他们才能感到温暖。

可不管你们如何狠心,

他们都不会把你们忘记,
小脑袋藏在枕头底下,
他们呜呜地伤心抽泣。

十四行诗

二十来岁的小伙最傲慢挑剔,
他不屑一顾最先遇到的女孩,
却钟情美人,满怀天真的狂喜
把昨日才萌生的欲望当作是爱。

后来,他开始尝到苦头,
大眼睛迷人的魅力慢慢减衰,
曾被蔑视的其他女孩
却显现了最可宝贵的内秀。

可是,人从不知改变不幸:
尽管已被折磨得痛不欲生,
却认定这辈子只爱一个人。

后来他发现很多女孩都很可爱,
但对他来说已经为时太晚,
因为他的心怎么也打不开。

爱的衰亡

秋天临终的叹息,掠过湖边
　　畏寒的灯芯草,
谁在呢喃?原来是凄愁的水面
　　在跟柳树絮叨。

柳树说:"我多难过!叶子飘落
　　铺满你明净的湖;
昔日的伴侣啊,今天,你就当我
　　已逝青春的坟墓!"

柳叶轻飘,将让湖水变褐发黄。
　　湖答:"苍白的情人啊,
别这样让你的叶子一张张
　　慢慢落下;

"这种吻让我痛不欲生,它如船桨

　　重重把我击打,

它给我造成的寒战,像一个伤口

　　不断扩大。

"起初只是一个小点,

　　后来成了大洞,

岸上的花儿全都感到了

　　脚边的哭泣。

"为什么要如此罕见而漫长地折磨我,

　　渐渐把我遗忘?

请狠狠心,把你全部的永别之吻

　　一次落在你的情人身上!"

钟乳石

我喜欢洞穴,黑乎乎的夜
被火炬染红,一丁点声响
都被反弹回来,穿过门廊
变成一声巨大的叹息。

圆拱上倒垂的钟乳石
挂着一串串凝住的泪,
由于潮湿,水一滴滴
慢慢地落在我的脚背。

仿佛有种痛苦的安宁
渗透在这片黑暗之中。
面对这永远也流不尽
悲哀的、长长的泪水,

我想起遭受苦难的灵魂，
古老的爱情在那儿平息，
所有的眼泪都已经凝结，
什么东西总在那儿哭泣。

无缘由的快乐

痛苦的缘由大家一清二楚,
可人们也想知道为何快乐。
我有时醒来时,内心祥和,
那种奇特美意我无法抓住。

红霞照亮了我的小屋和身体,
我爱整个宇宙,不知为什么,
我欣喜异常。可不到一小时
我就感到黑暗重又包围了我。

它从哪来,这短暂的快乐?
天堂敞开大门,隐隐约约。
长夜里无名的星星飞走后,
让人的内心变得更加黑暗。

是蓝天归来的古老四月,
就像火灭之后余光未了?
是岁月的灰烬中春天复苏
还是预示着爱情的吉兆?

这神秘的快乐转瞬即逝,
来时无影,去也无踪;
或许是幸福在途中迷路,
弄错了人,匆匆光顾。

大　路

一条宽阔的大路，椴树种在两边。
那么高、那么宽、那么暗，大白天
　　孩子们也不敢在那儿独行。
那里的夏天冷得像是严冬；
不知是什么睡意让空气变得沉重，
　　某种哀伤加重了阴影。

椴树很古很老；垂叶张张
内建拱廊，外筑围墙，
　　形状依旧未改。
黑树皮斑驳脱离裂开的树干，
树枝就像是手臂，互相伸展，
　　宛如巨大烛台。

可在头顶，它们用一张张叶子

制造了黑夜；路上坚硬的沙砾
　　骄阳似火也不会发烫，
雨天，几乎听不到绿色的穹顶
沙沙作响，孤单的雨水时续时停，
　　一滴滴落在地上。

大路的尽头有座神殿，围着栅栏，
木条已被青藤和重重的葡萄树压弯，
　　被青苔腐烂；
狡黠的爱神狞笑着，仍用断指
指着远处被他的石箭所伤的
　　旧日的心。

夜之神秘，在那儿随时都可以感到，
冰冷的雕像四周，爱情之火
　　似乎在双双飞行。
回忆的精灵在那儿平静地哭泣；
虽然日久天长，早已永别，
　　灵魂仍在那儿约会。

所有曾在那里相爱的人，以及四月里
被年轻的爱神召到他玫瑰架底下的人，
　　都没有走远；

这些可怜的亡灵都不断地奔他而去；
虽然已无昔日的嘴唇，他们仍来
　　它永恒的嘴上聚会。

华尔兹

　　轻纱薄翼,旋风般飞卷,
　　舞伴们脸色苍白,不声不响,
　　舞步翩翩,踩弯了地板,
　　他们望着头顶明灯闪亮,
　　半闭着眼,陶醉其中。

我想起曾在布列塔尼见过的
古老的礁石,海浪昼夜不分
在那儿汹涌、翻滚、冲击,
伴着同样的涛声。

　　萎靡舒缓的华尔兹
　　藏着爱情忧郁的表白,
　　灵魂展翅,飞入其中:
　　似乎要做永远的逃遁,

又好像是永恒的归来。

我想起曾在布列塔尼见过的
古老的礁石,海浪昼夜不分
在那儿汹涌、翻滚和冲击,
伴着同样的涛声。

小伙子感到了自己的青春,
少女问:"难道,我在恋爱?"
他们的嘴唇不停地交换
甜蜜而短暂的许诺,
用一个永远不来的吻。

我想起曾在布列塔尼见过的
古老的礁石,海浪昼夜不分
在那儿汹涌、翻滚和冲击,
伴着同样的涛声。

乐队累了,音乐停止,
苍白的灯光已经黯淡,
镜子慌乱得嘤嘤哭泣,
所有的舞伴都已消失,
只剩下浓浓的黑暗。

我想起曾在布列塔尼见过的
古老的礁石,海浪昼夜不分
在那儿汹涌、翻滚和冲击,
伴着同样的涛声。

天　鹅

湖水又深又静，碧波如镜，
天鹅划着巨蹼在水中前行，
无声无息。它两胁的羽绒
犹如春雪在阳光下消融；
它巨大的翅膀在风中抖颤，
坚定洁白，如一艘行驶缓慢的船。
它昂起美丽的长颈，俯视着芦苇，
忽而在水面荡漾，忽而潜入湖水。
白颈优雅地弯曲，如同一棵小树，
黑色的喙包藏在亮晶晶的胸腹。
有时，它沿着阴暗宁静的松林
慢慢地在湖中闲逛，蜿蜒而行，
厚厚的水草发丝一般拖在身后，
它不慌不忙地划水，慢慢悠悠。
为不再回来的人哭泣的山泉

和诗人内省的岩洞它都喜欢。
它懒洋洋地游着,一枝柳条
无声地落下,掠过它的羽毛。
有时,它远离幽暗的树林,
优美地从深蓝的岸边游向湖心。
为了祝捷它所珍惜的白色,
它选中了阳光照耀的水泽。
当湖边朦胧,难以看清,
一切都模糊成可怕的幽灵,
当菖兰和灯芯草纹丝不动,
雨蛙的叫声响彻清朗的天空,
当西天出现一道长长的红光,
黄莺在月光下闪闪发亮,
美丽的夜色,乳白泛着紫红,
天鹅,在灰蒙蒙的湖中,
如钻石当中的一个银瓶,
头埋在翅膀中,在水天间就寝。

银　河

有天晚上，我对星星说：
"你们好像并不幸福：
黑暗无边，你们的星光
虽然温柔却满含痛苦。

"我好像看到
天上的仙女
手举蜡烛，一身缟素，
哀伤地列队而行。

"你们一直在祈祷？
你们也受到了创伤？
因为你们洒下的不是光，
而是光的泪水。

"星星啊,你们是造物
和众神的祖先,
眼中全都泪水涟涟……"

星星们答道:"我们孤独……

"你以为我们彼此很近,
其实我们相隔甚远;
姐妹们温存美丽的光芒,
在自己的家乡无人见证。

"她们内心似火的热情,
已在冰冷无情的太空熄灭。"
我对它们说:"我能理解!
因为你们与人类非常相似。

"跟你们一样,每个闪亮灵魂
都远离似乎很近的同胞,
永远驱之不去的孤独一生相伴,
默默地在夜间燃烧。"

温室与树木

温室寂静无声,
适合冬天打盹,
即便天昏地暗,
名贵植物也在冒汗。

其中有棵树又直又挺,
枯叶长长的树干
眼看要触到屋顶,
窄窄的尖萼像箭一般。

另一棵又粗又高,
竖着坚硬的芒刺,
五年才开口一笑,
虽然花不美不艳。

还有一棵,慵懒无力,

在玻璃墙上爬得高高,
这囚徒同情地望着外面
在疾风中昂首的劲草。

这儿无风,一切静止,
五彩的花期按时来到,
所有的植物都慢慢地
大量倾吐平淡的味道。

人们会被它们迷惑,而后
很快就会感到喘不过气来,
沉重的空气让人感到难受,
从狂欢一步步走向伤悲。

啊,紫罗兰,林中的花,
比它们可爱百倍千倍!
它散发到房间里的香味,
比它们要干净千倍万倍!

它的芳香,不腻不浓,
但能让人青春焕发,
可它香味如此清淡,
要想闻到,就得过去吻它。

别抱怨

啊,请别再抱怨忧伤的时光。
轻易得到的爱情往往让人后悔。
幸福会淡去,如同花儿会碰伤,
假如把它拉到面前闻它的香味。

看看四周曾经悲哭的那些人:
现在全都在互道幸福,
可让他们相爱终身的秘密,
已永远被他们道破和泄露。

他们都说幸福,但在热情熄灭的夜里,
他们对视的目光不再跟过去一样;
他们互相亲吻,但已经不会浑身战栗,
而我们,手指相碰也会脸红发烫。

他们说自己幸福,可再也体会不到
当我们目光相遇,内心所产生的那种
深深的重压和火热的灼痛。
而我们,总有这种强烈的感觉。

他们觉得幸福,因为他们可以
使用共同的财产,同住一屋,
可他们再也不会有宝贵的秘密:
他们觉得幸福,但同时也已暴露。

大地与孩子

小时候蹒跚学步,
心和眼睛对大地充满惊喜,
可长大后,对其行走的大地
人们却几乎不屑一顾。

我感到自己已忘了大地,
有时,当我思考得头皮发麻,
我会产生悔意,
去跟矮我一截的孩子玩耍。

他们离开了母亲的庇护,
用自己迟疑的小脚
去认识大地,又用双手
去触摸世上的万物。

他们大胆英勇,
不怕看门的恶狗;
目送着每只野兽
钻进深深的草丛。

他们倾听草木生长,
能闻到草的清香;
他们凝视着黄沙,
研究潮湿的青苔。

他们凑上前去闻花香,
花儿都吻过他们的唇;
大人擦去他们的眼泪,
其实那往往是早晨的露水。

过去,我也曾看见大地
向我伸出手臂,送来香唇!
但自从我想探清它的奥秘,
它便永远淡出了我的视线。

从此它对我更多是秘密
而不是新奇,所以,
每当我见到大地之美,

我会感到心更为孤独。

有时，我会放下架子，
弯下腰跟孩子们玩耍，
纠缠着大地
这个不再爱抚我的乳妈。

不幸的情感

我安错了心,爱上了别人的孩子;
他装出一副乖样,想占我的便宜。
　　忘恩负义的小家伙!
我去他家的时候,他母亲喊来儿子,
她猜我是为她的孩子而非为她而去,
　　不过她不怨恨我。

孩子用他尖细柔软的声音
(小孩有两副声音),表情生动,
　　讲着自己都不懂的寓言;
然后,让我在桌上排列玩具士兵,
缠着我,这可爱的纠缠使我心中
　　有种难言的快乐。

我在那儿每次都会上当:我希望

凭借我的慷慨善良应该能当父亲:

  孩子不是说很爱我吗?

可突然,真正的父亲驾到,真不幸!

孩子拍着手跑过去搂他抱他,

  可怜的叔叔被撇在了一旁。

插 条

当原野披上绿装，
小河沐浴着阳光，
当美丽的鲜花开放，
吸引着人们的手和唇。

五月，有个年轻人
在窗前放了一盆玫瑰；
他任其生长、开花，
既不去看也不浇水。

几个妙龄少女经过，
看到这美丽的玫瑰，
便互相开着玩笑，
折花插在胸前媲美。

她们让秋天提前来临,
玫瑰被摘去花朵,
心痛得奄奄一息,
窗前也失去了欢欣。

以至有一天,这年轻小伙
挨家挨户敲门,大喊:
"但愿你们当中有人
把笑着摘去的花朵还我!"

可家家大门紧闭。
最后终于有人开门:
一个少女手指玫瑰,
笑着对他说:"来吧,

"我可不是用来打扮自己,
而是为了抢救最后的枝权,
瞧,我用它做了这根插条,
想在更美好的日子里还你。"

迟　疑

我想对她说些什么，
　　　却又不敢；
语言会暴露我的内心，
　　　哪怕说得很轻。

这异乎寻常的羞怯
　　　因何缘由？
我下决心开口……
　　　但还是没说出来。

十八岁时，我觉得表白
　　　没这么艰难；
我的嘴唇，很久以来
　　　就没那么勇敢。

我觉得自己爱她，但又怕

　　自作多情；

甚至连眼中的泪水

　　也可能撒谎。

因为我可能会流泪，

　　真心诚意，

在我心中悲泣的

　　也许是旧爱。

春天的祈祷

你碰到什么什么就开花,
你让森林中古老的树桩
　　焕发青春,
你把微笑写在每一张脸上,
　　让心充满活力。

你让污泥变成草地,
你给所有破被烂衣
　　挂上金银珠宝,
你把阳光一直洒到
　　屠宰场门口!

春天啊,当万物相爱,
连坟墓都变得那么美,
　　外面绿树葱葱,

让生命崇高地回到
　　死者的心中!

在爱情的季节,你不会
让他们得不到滋润,
　　被人遗忘!
让它们的灰烬
萌发神圣的希望,
　　在阳光中归来!

流　亡

我同情那些只身流亡的不幸者，
他们被迫抛弃爱情，离开爱人；
幸福啊，即使流亡也有爱侣相伴，
因为带走了爱人也就带走了家乡。

在依然向他们微笑的明眸里，
他们重新看到了故乡的阳光。
圣洁的额头如祖先的土地，
被弃的百合花也重新开放。

已被离开的天空在异地跟着他们；
因为爱人已在心中，在唇上
留下了家乡的太阳忠诚的反光，
可在新床上回忆旧日的夜晚。

这些人,我一点不为他们哀伤:
他们什么都没失去,清晰的回忆
使他们双手温柔、两眼欣喜!
在爱人的怀里一切都得到了补偿。

那些被真正放逐的人我最为同情,
他们离开时放弃了土地上的一切!
但虽在家乡,却无爱人为其流泪,
这种人,那就更值得同情和悲悯。

啊,他们日日夜夜在自己家里
寻找他所需的人,他所爱的人!
越在家里就越感到孤独,啊,是的,
流放在故乡,是最可怕的流放。

蓝天、空气、祖先的田园、
圣洁的百合都治不好他的创伤!
相反,家乡土地上温柔的爱情
使他感到心爱的人离他更远。

舞会王后

是的,我知道她最为漂亮,
她是舞会王后,这我知道;
可我是个不服输的败将,
绝不会向她讨好求饶。

让我耐心地等待,
以便好好地看清她的模样,
在官中等她接见的人当中,
让我谦卑地排个队。

但愿我还能轻声赞美
她不可一世的王威,
不痛不痒地骂自己
对美的追求不够热烈。

为了捡起从她发间
掉到地上的那朵玫瑰,
但愿我能快步上前,
免得落在别人后面。

但愿我能保持警觉,
她那美丽的微笑
我也要抢到一份,
让她看到我的存在。

但愿从她的金发里
我能闻到普通的香味,
它为所有的人而散发,
却非人人都能选择!

跳舞时,我能通过双臂
感到对方的投入和陶醉,
但那是音乐唤起的感觉,
而非因为舞伴脉脉的柔情。

以便将来,能让这最初的梦,
(她已始于我的心中,
但现在只是隐约萌动)

以更勇敢的方式结束!

不会的,王后,绝对不会!
灯光下,这颗傲慢的心
不会当着众人的面向你表白,
我也许有些粗鲁,但是……

如果你想知道我爱你,
一边冒犯你一边投降,
舞会之后的当天晚上,
在你的王权失效之时,

当你闭上眼睛,
一头栽到床上,
生怕错过次日的礼拜,
抱着双臂半睡半醒;

当你满足于自己的美,
可疲倦得无法享受,
所以让这种欢快的庆典
远远地消失在回忆当中,

而房间的玻璃窗上,

在阴沉忧郁的日子
将流过十二月的冬雨，
恰似那不幸者的泪水，

那就做个梦吧：风中
我冒雨停下脚步，
在你洁白的窗帘上
寻找你美丽的剪影。

丑姑娘

女人们,你们在亵渎爱情,而只有
一个人敢反抗敢蔑视你们的权势。
啊,不声不响地忍受一个年轻女子
被大自然后娘剥夺了荣耀和权利——美,
这难道不是最大的耻辱?

她寻找爱情,但爱情从不出现;
她可以离开母亲,没有任何危险。
这丑姑娘,人们只蔑视地瞧她一眼;
由于丑,没有人会对她想入非非,
年轻的小伙怎会愿意把她伴随?

小伙子放荡粗鲁,自命不凡,
丑姑娘,他们怎么会要?
他们在背后对她恶言恶语,

婚庆舞会上,竟让一个学生
把她从角落里拉出来取笑。

可怜的姑娘!她知道自己年纪尚轻;
她跟美女一样,生来有同样的愿望,
她把自己的脸蛋当作是心中的敌人,
在她得到的恭维当中,充其量
有个好心的老头说她头发好看。

自从漂亮的脸蛋让我深受其害,
我便想在你身边治疗我的创伤,
孩子啊,你没有爱过却懂得爱,
你是天使,绝对不会折磨他人,
难道我还太小,不能与你相爱?

妒　春

春天啊，最令人向往
也是最为短暂的季节，
请长留在我的身旁，
你拥有我的心上人，
　　我在等她。

你的蓝天对我毫无笑容，
我看见她那是一个严冬。
这昙花一现的柔情蜜意，
全年三百六十五天当中
　　我只享受了一次。

我的幸福只是一星火花，
在舞会上一闪即逝；
冬天过去，我见不到她；

所以普天同庆的节日
　　我也感到哀伤。

离开她时,我害怕你。
担心一朵白色的橙花
落在她的心上,邀请她
掰着花瓣进行婚占①;
　　多么危险!

你的温暖孵育了这颗心,
它至今仍然一无所知,
猜测着等待着它的黎明;
让百花盛开的你,
　　她会交心。

你的清风使她感到惊讶,
她听着空气温馨的劝告;
五月的春风我最为害怕,
隐约觉得,冬天未到
　　我就会完全失去她。

---

① 橙花常用来装饰新娘的花环。掰花瓣(尤其是菊花花瓣)进行占卜,预测婚姻,这是西方常见的习俗之一。

她们中的一人

她冬天居住的几个大套间
温暖如春。天花板轻似云天,
　　满是爱情的图画。
屋里寂静无声,羊毛地毯
又软又厚,宽边的丝绒帷幔
　　吸去了一切嘈杂。

冰雹徒劳地在窗外肆虐,屋里
几乎听不到抵挡冰雪的厚玻璃
　　在痛苦地呻吟;
暖色的绸布窗帘又宽又长,
遮住了外面的飞雪冰霜,
　　也遮住了天庭。

旧油画里,威尼斯碧蓝的天空

把自己的光辉借给了法国的太阳；
　　高高的壁炉上，
从希腊祭坛抢掠来的花瓶中，
似乎长生的百合重又盛开，把一年
　　只变成一个春天。

她温柔的房间一片湛蓝，隐约传来
石竹花醉人的香味，石竹已经不在，
　　空气留下了芳馨；
为了祈祷，她在缎垫上跪下，
她的祖先从一个佛罗伦萨大师手中
　　弄到了这个象牙十字架。

等到厌倦了奢华的客厅，她可以
回到闺房晒晒太阳，享受一番，
　　那里有许多难解的秘密；
她抬起头，看见了华托①的彩色油画，
身材高大的情人们正在上船，潇潇洒洒
　　向西黛岛进逼。

冬去夏来，她出现在避暑的夏宫，

---

① 让－安东尼·华托（1684—1721），法国洛可可时期的代表画家，其代表作《进发西黛岛》现藏于巴黎罗浮宫。

在那儿找到了蓝天、高山、河谷,
　　及美丽的平原;
从房前屋后的大丽菊
直到天边遥远的麦田,一切
　　都是她的地盘。

然后,在湖上划船散心,
驾着马车缓缓驶入森林,
　　身穿白裙在草地上狂奔,
在树荫下的吊床上慵懒小憩,
或发间插花,策马扬鞭
　　在树枝搭成的拱廊下驰骋。

闷热的中午,在凉水中沐浴嬉戏,
两股纯净的喷泉淹没了泉口小池,
　　她随意转动天鹅的脖颈,
凉爽、放松、惬意,几乎睡着,
美梦连连,看见自己美丽的胴体
　　在水底战兢。

她的时间就这样匆匆而过,似很幸福,
但有种秘密重压其上,这日子
　　并不值得羡慕;

人们在她热切或迟钝的目光里，
从她罕见的微笑或迟缓的动作中，
　　看到了她对生活的厌恶。

啊，谁能听到她可怜的灵魂在叫喊？
哪位骑士，哪个英俊伟岸的救星
　　会突然来抱她上马，
把她带到远远的地方，安安静静，
把她带进草丛和鲜花当中的茅屋，
　　离开这悲哀的奢华？

谁也不会。她痛恨罪恶的希望，
老想着自己的责任，常感忧伤。
　　她死了，穿着新衣，
得不到爱情，高贵使她无法恋爱；
她很富，可富得凄惨，她没有后代
　　比寡妇还孤寂。

三色堇

有天晚上,由于脑筋大动,
累得我一身疲惫,
我昏昏睡去,梦中
出现了一个花蕾。

那是一朵叫三色堇的小花;
它含苞待放,而我
却感到将因此死去:
我所有的生命都转给了它。

这种交换无影无声:
随着它的一片片花瓣
驱散出生时的黑暗,
我的手脚也慢慢发软。

它黑茸茸的大眼
张开得如此缓慢，
让我觉得我的苦难
经历了好几百年。

"花儿啊，快快地开，
我已经迫不及待，
想看你宁静幽深的目光
在你美丽的眼中闪亮！"

可是，当它的眼皮
展开最后一道褶纹，
我已经昏昏沉沉
熟睡在漆黑的夜里。

竖琴与手指

缪斯女神低着头,僵立全身,
不再歌唱;竖琴烦恼得直叹,
抱怨指头不再把它拨弹:
"你为何这么麻木不仁?"

"手指啊,没有你我一事无成,
醒来吧!空气如此沉重,与你低谈
实在是难,因为没有你,我的琴弦
将像紧闭的嘴唇,寂然无声。

"扑过来吧,如同阳光下
和风吹得花儿轻轻摇摆;
掏出我的喊声如撕裂亚麻
或像泪水,慢慢向我流来。

"假如,你蔑视我不再用我,
那就把琴架放回牛的方额;
我就是为了这些手指而生,
没有它的吻,我还怎么活?"

"竖琴啊,我们又能怎么办?
和谐、兴奋和忧伤与否是因为我们?
我们是天才手中的工具,你不觉得
我们所有的战颤都与沉睡的心有关?

"他才是神,手指忍受着他的任性:
有时,他没等我们疲倦就停了下来,
有时,他又毫不留情地狂拨琴弦,
拨得七弦全断,拨得我们鲜血淋淋!

"你想弹什么曲子,就去不断求他,
因为只有他才能决定歌曲的命运。
没有夏天的微风哪来树叶的呢喃,
没有心灵的呼吸哪有手指的潇洒!"

三 月

三月,当冬去春归,
当苏醒过来的乡村
如大病初愈的病人,
第一个微笑格外珍贵。

当天空仍布满寒气,
夹杂着散乱的雪花,
当凉飕飕的正午阴云低挂,
披着黎明时的白衣;

当温暖的空气
唤醒大理石般的死水;
当树顶的嫩叶
挡住天上的绿雾;

当女人变得更加漂亮,
由于日光明亮,
由于我们的爱苏醒,
她又变得那么难为情;

啊,难道我不该抓住
这匆匆流逝的宝贵时光?
它是岁月当中的早晨,
是我们所渴望的青春。

可我哀伤地度日如年,
像只猫头鹰,天亮时
转动着充满黑夜的大眼,
惧怕伤害它们的光线。

我就这样走出冬天的悲哀,
张开双眼,它们仍沉醉在
书本黑暗而空幻的梦中,
大自然啊,它让我苦痛。

被罚下地狱的人

星期天,一群少见多怪的小市民
嘈杂无序,怪怪地拥向画廊,
他们每年都会前来艺术品市场
徒劳地取悦自己瞎子般的眼睛。
面对美神,他们一点都不激动,
这些所谓的群氓,爱慕虚荣,
他们两眼无光,嘴巴大张,
像一群对着阳光咩咩的羊。

而在那边,有个充满智慧
清癯的男人,穿着破大衣,
站在公园的角落独自沉思。
他抱着肩膀,用痛苦的目光
望着矗立在花坛边上的雕像。
不幸啊,他感到自己的伤口扩大,

痛苦带来的阴影越来越深；
因为他也曾拿过凿子雕刀，
做过雕塑家蓝色和白色的梦。
可不久，贫困就把冰冷的尸布
盖在他强烈的希望和理想之上，
而他的竞争者们却成就了梦想。

他能与他们匹敌？也许，但这不重要！
受荣誉激励和鼓动的大师们啊，
你们生来就聪明过人，手指灵巧，
同情同情那些赞赏过你们的人吧，
唉，他们如此喜欢你们，以至于
不冒风险紧跟着你们就活不下去！
大师们啊，贱民们数着他们伤亡的人数
才知道你们是多么伟大。
然而，在和谐宁静的地方
你们凭借灵感飞得又高又远，
他们却看着你们翱翔的蓝天，
跌倒在被诅咒的艺术家粗糙的路上。

那人跟你们一样，也有过这样的快乐，
他圣洁的手耐心而缓慢，
神奇地创造出圆润的胸，

他根据简略朦胧的草图

杰出地再现超人的形体；

当他塑造左胸，感到里面的心跳时，

谁也没有他那么激动，他自豪。

可在这造神的游戏中，他是个败者，

他一无所有：艺术家会死于贫穷。

狂欢之后，是悲惨的时刻，

年轻的妻子，在画室的墙角，

担心因艺术而让人忘了面包，

她轮番看着一个个苍白的孩子

和被孩子的父亲变得美妙的土块，

诅咒黏土不能让人丰衣足食，

想念自己已经离开的肥沃土地。

啊，劳动得不到报酬的剧痛，

耍笔杆的评论家无知的嘲讽，

竞争者的妒忌，同行的蔑视，

这些，把他的心泡入苦水当中。

看着爱妻眼中无言的责难，

心里感到有种渎神般的不安，

要知道人是疯子叛徒，为往上爬

不惜把自己的责任踩在脚下。

这勇敢而可怜的人，逃离了画室，

在一个店铺角落数着别人的金钱,
他天才的手为高傲的大理石而生,
如今却在黑乎乎的纸上写着卑鄙的数字。
但愿这种堕落使他不再清醒,
能把他的心一直烧成灰烬,
完全死去,在墓中被人遗忘!
可他扑灭的火并未彻底埋葬,
一块想成为雕像的石头跟着他:
假如他不给它生命,它就要他死。
它用遥远的呼唤刺激他的手指。
在残酷的梦中,这石头成了形;
有脉动,似很理想,它嘀咕道:
"你看见了我,却不塑造我!"
该来时它来了,好像极为内疚。
一切都成了它的基座,包括工作台。
是她!维纳斯,他盼得死去活来,
美丽高贵,无可挑剔,每年都在这里
让他着迷,在所有姐妹中占一席之地,
她终于制服了行家妒忌冷酷的目光!
她胜利了!而他,人们将刮目相看,
地位升了,他感到自己成了一个神,
荣耀的月桂花环颤抖着戴在他头上。

可狂欢如梦，美梦又往往短暂，
接踵而来的是多么可怕的深渊！
他无情而可靠的目光，
突然目测荣誉和贫穷的距离！
他发现自己渺小，因为曾觉高大。
他哭了。严肃的妻子，关怀备至，
见他差点晕厥，心想自己是母亲，
便习惯地过来拉他的手，责备他：
"我已经告诉过你，一个月来，
你一直这样脸色苍白，神色忧郁。"
她用许多普通但无可辩驳的理由，
触到了他痛不欲生的部位，
拉他离开了理想，像拉酒鬼离开酒。

大　海

大海发出巨大的呻吟,
蜷曲着身子又叫又喊,
就像一个怀孕的巨人,
由于生不下孩子,
疼得在地上打滚。

它滚圆的身子站起,
又失望地倒下。
可它也会暂时停下休息:
在蓝天下做梦,
镜子般平静光滑。

它的脚抚摩着一个个王国,
它的手高举起一艘艘大船:
只要有一丝风它就微笑,

缆绳是琴弦,
桅舱是摇篮。

它对水手说:"原谅我,
如果我的痛苦伤了你的身。
其实,唉,我心肠很好,
可我吃尽苦头,找不到
强壮得足以帮助我的人。"

接着它又鼓起来,瘪下去,
在深深的海底抱怨。
像它一样,有个不幸的人
由于强大而痛苦不堪,
自身的宏伟使其孤孤单单!

查尔特勒修道院

我看见,犹如被丧钟惊醒,
修士们提灯排队一言不发,
然后,像一群惊飞的乌鸦,
唱着悲歌,安慰疲惫的心。

修道院的空寂在我脚底回响,
我熟悉修士的小屋,宁静之乡,
而世界宛如在进行巨大的乱战,
它徒劳的结果与我们毫不相干。

白色的高墙如梦魂追我不放;
我已感到生命中难言的暂停,
预先尝到死的滋味,我高兴。

永别了,士兵冲向大炮轰鸣的战场;
我回到听得见世界之战的地方,
毫不怜悯我那颗渴望休息的心。

夜的印象

独自旅行真是凄凉，夜晚
　　我在一个怪异的客栈住下。
一个小孩穿过一条条走廊，
　　把我领进最破最旧的房间。

我上了一张四方的大床，
　　上面的狮子图案栩栩如生，
白色的帐子拖着长褶垂地，
　　依稀可见教堂的彩绘玻璃。

我躺在床上，不出声不动弹，
　　月亮送来的春药我一一接受，
突然，我听见一阵沙沙声，
　　像指甲在轻轻地划着丝绸，

又像是十分遥远的谷仓
　　　沉闷迅捷的闩门声，
接着，仿佛几步远的地方
　　　樵夫抡起斧头在砍树；

然后是长时间的车轮声
　　　和巨大的骚乱声，车轮滚动，
拉车的龙总是无精打采，鼻息直喷，
　　　肩膀一动，全身酸痛。

突然，一声凄厉的尖叫
　　　在无尽的长夜回响，
如失望者因空虚而逃跑，
　　　发出刺耳的叫声。

然而，这应该是一支车队
　　　在平原上奔驰，
红色的气息，隆隆的响声
　　　远远消失在身后。

这庞然大物经过时，细细的窗棂
　　　被震得似要散架，
积满灰尘的羽管键琴发出呻吟，

还惊动了祖先的肖像；

阿克特翁①在挂毯上战栗，
　　狄安娜②紧闭嘴唇；
屋顶落下的一块灰泥
　　差点把旧钟砸烂。

就这些了。寂静在穹顶
　　慢慢收起翅膀，
夜，从沉沉的梦中苏醒，
　　恢复往日的模样。

可我激动得再也无法睡着：
　　一直在听世上
这刺耳的叹息和疯狂的奔跑，
　　旧日的形象。

---

① 希腊神话中的猎人。据奥维德的《变形记》，他在基塞龙山上偶然看到掌管野生动物、生长发育和分娩的女神阿耳忒弥斯在沐浴，女神把他变成了一只鹿，这只鹿被他自己的50只猎狗追逐并撕成碎块。
② 狄安娜，罗马神话中的月亮与狩猎女神，即希腊神话中的阿耳忒弥斯。

森林的夜与静

这不再是夜,也不再是静,
因为每种孤独都有其私隐;
在随梦进入森林的人看来,
树木也有其静与暗的方式。

嘈杂的阴灵似在静寂中漫游,
夜挡住光线不让它落到地面。
奥秘似有生命:人人都可以
按自己的回忆去解释和感受。

森林之夜催生思想的黎明;
寂静似鸟虽然睡着但有翅膀,
这对写诗来说实为好事一桩。

在林中,心更易坦诚相向:
夜让人们的目光更加深沉,
爱的表白离不了它的寂静。

鸽子与百合

这红颈的鸽子动来动去,女人啊,
　　你轻启柔唇把它亲吻,
从未有人这样频频吻它,
　　这使得它异常兴奋。

它从未听到过你低声告诉它
　　那些激动的名字,
进餐时也从未见过那么好的米
　　从你手中落下。

当你热情地抚摩它的翅膀;
　　它从未感到过你的心跳,
你年轻的叹息不曾让它的羽毛颤抖,
　　泪水也未曾在它身上流淌。

你让它整天在柳枝上煎熬,
　　　它鼓起喉咙,
徒劳地用,用温柔的悲泣哀求:
　　　你从不理睬。

鲜花在春天做梦的花瓶里
　　　从未得到过这样的关怀;
你的唇从来没有这么长久地
　　　吻过纯洁庄严的百合。

女人啊,什么新爱或旧忆
　　　什么坟墓或是摇篮
又让你的心对百合对鸽子
　　　产生了这种情感?

寻欢作乐的人们

天真的诗人,动笔之前苦想冥思,
此刻正惊讶于那些可笑的玩意。
有时,他在剧院里一回头,
看到演员抖出一拙劣的包袱
就把无聊的观众逗得哈哈大笑。
在那些大腹便便的胖子当中,
他突然觉得自己是多么孤独,
于是感到眼花目眩,头昏脑涨,
如有可能,不等剧终就悄悄退场。
终于可以自由呼吸了,他的眼睛
看着暗蓝辽阔的天上一颗颗星星。
啊,出了剧院,既然夜色那么温柔,
不妨去看看黑暗中的塞纳河,
缓慢的河水在旧桥下默默流过,
路灯在水面上拖着颤抖的影子,

就像坟墓中尸布上银色的眼泪!

这悲哀让人忘了那讨厌的狂欢。

唉,依旧圣洁的快乐如今安在?

什么邪恶玷污了我们身上的高卢血统?

何时才能再有过去的那种真诚笑容?

荒谬的纵酒狂欢仿佛就在今天;

面具肮脏的闹剧在草班舞台上演出,

蹩脚的土语在可爱的杰出人群当中

恬不知耻地跟法兰西语言争雄;

歌曲格调低下,单调乏味,

下流的故事,只能映照丑恶的镜子;

喋喋不休的饶舌,胆汁给平庸调味;

讲囚犯的戏剧,写小偷的片段,

让良心未被泯灭的正直者难受;

可笑的轻喜剧,诱惑妻子堕落,

不道德地侮辱丈夫,挑战其底线;

下流节目,女性的肉体被标上价,

如同货摊上摆卖的藏红花,

高明地引诱贪婪的色鬼;

搭布景的滑稽戏,拙劣的笑料,

靠迷惑观众的眼睛才没被轰下台;

荷马[①]的竖琴被用来弹奏低级曲调;

[①] 荷马,古希腊盲诗人,代表作为《荷马史诗》,分《伊利亚特》和《奥德赛》两部分。

水性杨花的爱什么丑事都做得出来,

它将走向堕落,从临时变成专业:

就是这些东西逗得众人欣喜若狂。

愚蠢啊,众人心目中永远的金犊,

对你天生的崇拜让你沦为他们的奴,

你如同枷锁默默地使他们臣服,

爱用暴力的恶魔,你惯施伎俩,

常常讥笑自由严肃的思想,

统治吧!粗鲁的家伙,你也会成为

喜剧中的小丑,被人蔑视和嘲讽!

愿良知的鞭子在你身上炸响,

愿它无情地站起,露出欢颜,

用嘲笑来反击那些愚蠢的嘲笑;

愿它把你的奇丑和笨拙

赤裸裸地暴露在阳光底下。

莫里哀①,站起来吧!还有你,

阿里斯托芬②!让渎圣的贱民听听

苦涩的笑声中对理想的赞歌。

正直的观念迅速坦诚地碰撞,

像铁块一样在狂笑声中作响;

---

① 莫里哀,法国17世纪古典主义文学最重要的作家,古典主义喜剧的创建者,代表作有《无病呻吟》《伪君子》《悭吝人》等。
② 阿里斯托芬,古希腊早期喜剧代表作家,有"喜剧之父"之称。

智慧的复仇者,英勇的嘲笑者,
笑得灿烂,健壮的胸膛中
永远年轻的心在怦怦跳动。

失　望

腐臭的水是一面镜子，
比纯净的水照得更清；
美景映在乌黑的水底，
腐水也变得五彩缤纷。

黎明、鸽子和乌云
逼真地出现在水里，
蓝天的辽阔和壮丽
似乎没减一毫一分。

无数看不见的小虫
以及游蛇蚂蟥之类，
在肮脏的水面游动，
丝毫没有打破宁静。

来自上面的反光，
仿佛遮住了它们，
眼睛产生错觉，
以为是广阔的蓝天。

天空透过恶心的垃圾，
在水中闪耀，万里无云，
它把脏物变成了星星，
然后在下面逐渐扩展。

嘴试图伸向星星
想给星星一个吻，
却感到前有怪物
突然想把它抓住。

理想就这样映照在
一个卑鄙的情人眼里；
如果灵魂也沉入其中，
只能感到现实的丑恶。

内心搏斗

心啊,你将成为爱情永远的牧场?
　　意志对你有什么用,
如果不是为了让你摆脱折磨,
最后在和平当中,超越自身,
　　征服自己的欲望?

如同一个斗兽者,搏斗之后,
　　让老虎服服帖帖,
然后骑在虎背,用流血的拳头
把它按在地上,让它害怕
　　它咬过的那个人。

就像这独处铁笼的斗兽者,
　　只能求助于自己,
因为无人与他一同遭遇此险,

谁也不知道那可怕的怪物
　　默契地跟他说些什么。

同样,在受欲望驱使的搏斗中,
　　心啊,别指望他人!
不要在牙齿下等待别人的援救!
在无人能跟随你的地方独自战斗,
　　不败即胜。

被咒的男女

有时，罪犯并非那些坏人，
而是那些一辈子都不曾有过
田间的牲口也有的自由幸福，
不曾有过守法带来安全的人。
多少阴暗的爱情找不到归宿！
多少垫子在酒吧被匆匆踩烂！
多少游荡的马车在阴沉的日子
耻于打开它们肮脏的红色门帘！
那些被诅咒的男女因欲望发狂，
在难忍的等待之后（那是最糟的狂热），
发疯地吞噬哪怕一丁点快乐，
发烫的嘴唇不放过任何机会；
因为已等待了很多天许多月，
只为了匆匆造个肉体和灵魂，
恐惧当中，在法律严厉的目光下，
在虽然哭泣却很耻辱的热吻中……

叹 息

从未见过她、听过她说话，
也从未大声说过她的姓名，
可忠诚地，一直在等她，
　　永远爱她。

张开的双臂，等累了，
又空空地合上，
可还是，一直伸向她，
　　永远爱她。

啊，只能够伸臂给她，
只能够在泪水中憔悴，
可这泪啊，一直在流，
　　永远爱她。

从未见过她、听过她说话,
也从未大声说过她的姓名,
可这爱啊总是越来越温柔,
　　永远爱她。

永　别

当亲爱的人刚刚断气，
人们不相信他已离去，
也不会悲痛地为他哭泣，
因为死亡让人措手不及。

无论是黑色的丧布
还是残酷的安魂曲，
都还不会使人失望，
心和嘴仍未反应过来。

人们看着坟墓深处，
不相信自己的悲哀，
怎么也弄不明白
棺材为何要入土。

真正的永别，是当亲人
围坐在一起进餐，
大家的目光，首次落在
那个从此空了的位置上。

抚　爱

抚爱不过是恼人的冲动，
是可怜的爱情枉然的尝试，
想用肉体赢得心，这不可能。
被吻折磨得可怜巴巴的生者，
其实像死者一样孤单而疏远。

母亲啊，你徒劳地把你的孩子，
你的心头肉，紧紧地抱在怀里：
但这忘恩负义的家伙已不属于你！
你永远永远也别想再要回他，
出生的那天，他就已与你告别。

孩儿啊，你搂着母亲，为她哭泣，
后悔今天的生命只属于你自己，
你想把生命归还给她，但做不到；

你的肉体不可能再变回她的血，
她的体力也不再与你的健康有关。

你们也一样，朋友，拥抱是徒劳的，
深情的目光和紧握的手也无济于事；
唉，人不可能为自己劈一条捷径
直通灵魂；也不可能把整个心
捧在手中，把无穷的思想收入眼底。

情人啊，最不幸的还是你们，
温柔和忧伤全因欲望和美貌，
热吻迫使你们大喊："我要死了！"
你们的双臂在心灵碰撞前就已疲惫，
你们的嘴唇只能互相燃烧。

抚爱不过是恼人的冲动，
是可怜的爱情枉然的尝试，
想用肉体赢得心，这不可能。
被吻折磨得可怜巴巴的生者，
其实像死者一样孤单而疏远。

暮 年

让时光流逝！我渴望解脱的年龄，
那时，我的血将流得更加温柔，
我再也不会喜滋滋地贪图享受，
而将悄悄地活着，带着老年的艰辛。

当爱情，从此摆脱了热吻，
不再用痛苦的狂热把我烧灼，
在我身上再也没有前程可以破坏，
让我放松心情，尽情地享受温存。

幸福啊，那些在路上遇到我的学童！
我可以带他们去大自然上上学堂；
幸福啊，那些被我握着手的年轻人！
如果他们愿意，我懂得如何安慰他们。

我不会说:"这是人生最美的时光。"
因为最好的光阴无疑是旧日的青春;
不过,我将努力接近弱冠青年,
让我返青的灵魂多一点热量;

为了老而不衰,我要永远记住
心动的年龄所经历过的一切,
美、荣誉和绝不屈服的法律;
让我能自由地思考,直至入土。

女人啊,当欲望在我身上绝迹,
我就像从胸口抽出了一把尖刀。
那时,我将看到,你美丽的容貌
不过是人类暂寄在你身上的外衣。

愿我在暮年,能思考人生,
能这样坐着最终摆脱痛苦,
就像在山顶,看河流道路
巨大的弯道和痛苦的皱纹。

弥留之际

将在我临终时帮助我的人啊,
　　什么也别对我说;
让我听一点和谐悦耳的音乐,
　　我会死得快活。

音乐能给人快乐和欣喜,
　　内心平和;
抚慰我的痛苦吧;求求你,
　　不要开口。

我讨厌说话,讨厌听那些
　　可能虚假的语言;
我喜欢音乐,不必费神理解
　　只需用心感受。

旋律携带着灵魂
  轻而易举
带我从谵妄到梦幻，
  又从梦幻到死。

将在我临终时帮助我的人啊，
  什么也别对我说；
为了减轻痛苦，一点儿音乐
  就会使我好受得多。

去寻找我可怜的妈妈，
  她在野外放羊，
请你们告诉她
  我在坟墓边上

执意想听她低唱一首
  古老的小调。
单纯、朴实、甜蜜的歌儿，
  轻得几乎听不到。

你们会找到她的：乡野之人
  寿命很长；
而我却生活在一个人人命短

活不长久的地方。

让我和她待在一起，就我们俩：
　　我们心连着心；
她把手放在我的额头上，
　　唱起歌颤着声音。

也许，只有她一个人
　　永远爱我，
我将踏着她古老的歌声
　　回到童年。

以便在我最后的弥留时分，
　　不会感到心将裂开，
以便不再多想，以便垂死的人
　　都像初生的婴孩。

将在我临终时帮助我的人啊，
　　什么也别对我说；
让我听一点和谐悦耳的音乐，
　　我会死得快活。

远远地

他们梦见的幸福总是圆满美好,
得到满足的情侣只能享受一时。
吻已没那么热烈,不哭也不笑,
温柔的小窝已成为爱情的墓地。

得到满足的眼睛对美感到厌烦,
发誓永远崇敬的嘴唇常常上当,
爱情之春的百合一旦被人碰伤,
便会在其他花开之处片片飘散。

我愿远离她独自承受生活之苦,
无声却又那么热烈忠贞的爱情,
在心中不会遭到任何人的厌恶。

我的敬意将像面纱遮住她的美丽,
我爱她,却无贪欲,就像爱星星,
她属于永恒,我这样告诉自己。

祈祷书

这是弗朗索瓦一世①时期的书,
岁月的锈斑已让书页发黄,
虔诚的手指模糊了书中的纹章,
小巧精美,羊皮纸涂着银粉,
那是古代金银细工的绝活之一,
手法的勇敢与胆怯一看便知。
　　书中有朵枯萎的花。

这朵花看起来已有些年头,
浓浓的花液已渗入羊皮书中:
可能有三百岁了。这又何妨?
它一切尚存,只少了一点红,
甚至枯萎之前就已掉了颜色,

---

① 弗朗索瓦一世(1494—1547),法国国王,1515—1547 年在位期间被认为是法国的文艺复兴时期,文学和艺术十分发达。

它只开了一天,路过的蝴蝶
　　一拍翅就带走它。

花儿没失去心中的雌蕊,
也没掉一片柔弱的花瓣;
最后那天的朝露满含着泪,
泪干之处,书页起伏不平;
死神轻轻一吻就摘走了它,
但小心翼翼,只黯淡它的颜色,
　　却不变其外形。

一种忧郁而微妙的香气
如同慢慢打开的回忆,
紧闭的珠宝箱传来秘密的芬芳
暴露了这神秘植物古老的年龄;
岁月似乎散发出过去的气味,
已逝的爱情仍有小路的芳馨,
　　小路上,风吹玫瑰。

也许,在黑夜阴暗轻盈的空气中,
有颗心像一团火在古书旁边跳动,
它试图开辟出一条通道;也许
它每天晚上都在等待念经的时刻,

希望有只手来把书页翻动,
想知道它的礼物,那朵花,
  是否还在书中。

唉,放心吧,前往巴维①作战、
再也没有回来的骑士;
或者你,像人一样懂得爱的书页,
悄悄地透露这本古书中的爱情吧:
这朵不知死于谁眼皮底下的花,
三百年来一直躺在那儿,躺在你
  当初夹放它的地方。

---

① 意大利地名。1524 年 2 月 24 日,弗朗索瓦一世在那儿被西班牙人击败俘虏。

老　屋

我不喜欢新屋,
它的面孔冷漠;
老屋却像寡妇,
边回忆边哭。

旧墙上的裂痕
像老人脸上的皱纹;
映着绿光的玻璃窗,
像忧郁善良的目光!

老屋的门很是好客,
因为门扉已经老朽;
老屋的墙大家都熟,
因为他们都进过屋。

钥匙在锁孔里生锈,
因为心中再无秘密;
岁月使画框的包金褪色,
却使画中的人越来越像。

老屋里有亲切的声音,
老祖宗的灵魂
在大床的帷帐里呼吸,
送来一道道古老的波纹;

我喜欢烟熏的壁炉,
从那儿能看到屋外
春燕的呢喃
或冬天的雨声;

木头的楼梯
阶梯又宽又矮,
已被踩得凹陷,
共有几阶,脚最明白;

我爱斜梁已弯的屋顶;
木板被蛀空的顶楼
让不复存在的森林

在房梁下梦思悠悠。

我最喜欢的是
屋里唯一的横梁,
它在全家聚会的厅堂
支撑着整座屋子。

一动不动,劳苦艰辛,
它像以前一样,
为依然信它的人撑住屋顶,
不管他是担心还是开心。

它没在重压下折断,
尽管腰已经裂开,
伤口也越来越深,
可能已被蛀烂。

忠诚勇敢的橡树
仍在摇晃中尽职,
它用人所未知的力量,
使尽了浑身解数。

孩子们长大成人,

横梁却已经驼背,
它会弯曲得更加厉害,
被忘恩负义的人烧掉……

横梁一旦被烧,
功劳也会被人遗忘,
对它的所有回忆
都会灰飞烟灭。

它烧剩的灰烬
将改变名称飘散;
它将完全消失,
什么都不留下。

它像被榨干的女佣
孤寂中郁郁死去,
它不被人们看重,
完完全全地灭亡。

所以,当老屋的残余
被扔进炉火,那个时候,
沉思者感到自己的灵魂
也在木柴的蓝火中焚烧。

牵牛花

你毫不畏惧地听我谈论死亡,
因为希望向你保证,死神睡了,
在它的阴影中开始的短暂睡眠
将结束于群星闪烁的明亮之乡。
请接受我最后的心愿,我先走
想独自弄清希望说的是否真实。

请别在我闭上的眼皮上栽种
傲气的玫瑰和粗壮的大丽菊,
也不要坚硬的百合:它们长得太高。
我需要的不是这些如此傲慢的花儿,
否则只会感到这些强悍的邻居
在黑暗的地底野蛮伸展的树根。

我不要玫瑰、百合和大丽花,

把欢快的牵牛花移到我的身旁，
它喜欢沿着绿色的栅栏攀爬，
在你灵魂旅行的蓝天留下齿痕。
它用你的美丽搭成普通的架子，
把你的窗变成天上的花园。

这才是成了灰烬的我想要的伙伴：
亲爱的，当你喊着我的名把它亲吻，
灵活的它会潜入土中向我直奔而来；
它将钻过窄窄的缝隙，带着你的心
轻轻地来到我最后的眠床，
用你的希望装扮我不复存在的嘴唇。

乡村之午

羊群不再吃草不再游荡,
牧羊人远远地躺在一旁;
尘埃在路上睡着,
车夫在辕上打盹。

铁匠在铺子里熟睡,
瓦工在长凳上卧躺,
屠夫大声打着呼噜,
血迹还残留在臂上。

胡蜂在碗边闲逛,
树枝遮住了山墙;
看门狗呜呜地做梦,
嘴鼻埋在爪子当中。

洗衣妇叽叽喳喳

好不容易停止说话,
白得耀眼的床单
晾晒在太阳底下。

开小差的学生
打手心也不管用,
他们蜜蜂般嗡嗡
怨声怨气地背诵……

麦浪睡得头昏脑涨
热风拖着它的长襟;
苍蝇用太阳的光芒
发出竖琴般的声音。

狭窄的石门槛上,
老人们一动不动,
纺纱杆拿在手中,
人仿佛死了一样。

这时,窗口那边传来
恋人们悄悄的情话,
他们没有午睡,也许
中午比半夜更加自在。

灵与肉

幸福啊，肉做的唇，
它们的吻能互相应答；
幸福啊充满空气的胸，
它们的叹息能互相混同。

幸福啊血液流通的心脏，
它们的跳动能互相听到；
幸福啊，手臂，
可以互相伸出和拥抱。

眼睛和手也很幸福！
眼能观望，手能碰。
人的身体真是幸福，
睡时安宁亡灭时终。

可灵魂啊太过悲凄！
它们从不能互相接触：
就像隔着一层厚玻璃
熊熊燃烧的烈火。

在它们各自的黑牢，
这些火徒劳地互唤，
它们觉得彼此很近，
可始终无法汇成一团。

有人说这样的热情才持久；
啊，只要能够结合，
它们宁愿只活一天……
哪怕因耗尽了爱而熄灭！

早晨醒来

假如你属于我（不妨来个奇思幻想），
我愿每天早晨比你先醒，支着肘，
久久地看着天使般熟睡的你，
呼吸均匀，呢喃着如遥远的小溪。

我将脚步轻轻，去把蔷薇采摘，
然后，充满无言的快乐，
耐心地，把你护着胸的双手分开，
以便吻你的唇，把花塞进你手中。

在世界上最温柔的东西中，
你惊奇的双眼将认出大地，
接着明亮的目光向我投来，
看到眼前尽是我送的鲜花。

啊，你懂得他的爱，理解他的苦，
天尚未破晓，他就将一束
还看不清楚的鲜花，放在你胸前，
让你一醒来就能得到幸福。

最初的哀伤

我想起那个时候
自己怎么也不明白
能打扮得漂漂亮亮的母亲
为什么老是一身着黑。

当一团漆黑的衣柜打开,
我隐约感到有些担心,
我看见黑色的裙子旁边
挂着也是黑色的头巾。

从前五彩缤纷的衣物,
如今镶上了黑色花边,
母亲当年所穿的一切,
让她全身裹满了悲哀。

悄悄地，不知不觉中，
黑色从眼里落到心间，
向我显示了某种
永远不忘的思念。

在草坪上奔跑时，我会停下来
看孩子们玩耍，欣赏他们
色彩明快的罩衫，
羡慕衣服上蓝色的方格图案。

因为巨大的痛苦
给了我这黑色的馈赠
我戴着这黑纱，
不觉陷入了忧伤。

行业歌

从事崇高艺术的孩子们,
农民、瓦匠和钳工比你们幸福,
　　他们的日常痛苦
　　每天都能得到排遣,
而你们,脑力劳动者,双手轻松
　　可被工作折磨得痛不欲生。

严肃的农民为他人耕耘播种,
他们的劳动比你们艰苦繁重;
　　但他们能得到报酬,
　　可以养家糊口,
而你们,唱着歌编着轻盈的花环,
　　却饿死在收获的金秋。

夜晚的铁匠铺,铁匠满脸通红,

大汗淋漓，熊熊炉火让他口干，
　　可他大杯里装着小酒
　　喝完了可以不断斟上，
而你们，镂刻着精美的金杯，
　　却饿死在空空的厨房。

苍白的织布工，弯腰在布前，
没有时间看蓝天，看月亮，
　　可他有衣遮身，
　　不会感到寒冷；
而你们，用轻盈的花边编织美梦，
　　却冻死在漫长的寒冬。

大胆的砖瓦工，一层接着一层，
生命系在摇晃不稳的脚手架上，
　　他要经常冒险，
　　可后代有屋有房；
而你们，虽然把轻梯架向上帝，
　　没有家你们会死亡。

一切皆输，但与命运和平共处，
当夜幕降临，任务完成，
　　回到结实的主妇身旁，

幸福无忧地爱着她们；
你们用轻轻的抚摩追逐着灵魂，
在爱情的温柔中死去。

印　记

据说母亲怀孕时
心中的愿望
哪怕再荒唐
也会在孩子身上留下印记；

但愿这明显的痕迹
能反映她梦中所盼，
它历久弥新，
什么也洗它不去。

心愿，或奇特或崇高，
都诞生于分娩之前，
因为它刻在肉体当中，
所以印记能反映内心。

你呀，给我生命的人，

你把痛苦留给了我；
在孕育我灵魂的那天，
你为何任性而又残忍？

当你爱着我却还不认识我，
脸色苍白，已算是我的母亲，
那时，也许有片云在飘，
如同蓝天上白色的小岛。

你是否说过："带我去那儿，
那是我想生活的地方。"
那里的绿洲非人间所有，
无限的永恒使你流泪哀伤。

你喊道："给我翅膀，翅膀！"
你想站起来却差点晕倒……
就在那个时候
你感到了我在腹中颤抖。

我的整个生命正由此而来，
神情恍惚，虚弱朦胧，
我渴望某个遥远的天堂。
这强烈的愿望伴我始终……

最后的孤独

在生者的大型化装舞会上,
没有一个人讲真话迈真步;
用来表达思想的语言披着伪装,
脸也戴上了五花八门的面具。

可是,到时候了!身体开始背叛,
不再配合思想在远处遨游的灵魂,
它突然可怕地沉睡,要永远休息,
不再当意识的同谋,而是证人。

于是,大批晦涩的潜意识
纷纷摆脱意志力的控制,
像乌云在头脑里升腾飘逸,
已开头的著作真正的动机;

心爬上了脸，忧虑的皱纹
已与微笑的表情划清界限，
目光也无法再让眼睛骗人，
没讲过的真话出现在嘴边。

是坦诚的时候了。尸体
保留着最后咽气的模样，
人，一旦恢复本来面目，
熟悉的人都会感到陌生。

最开怀的笑也会淡去、伤感
最严肃的人有时也会露出笑容；
每个人在临死前都突然变得本真，
诚实让死者变得格外吓人。

战争印象

血之花

我们在杀戮打仗
太阳却创造了春天;
士兵们相残的地方
长出了美丽的鲜花。

虽然尸体遍陈,
虽然腐臭难闻,
战场上盛开的花朵
仍像去年那样美丽。

大地喝了这么多血,
长春花还怎能变蓝,
新生的百合怎能洁白,
雏菊又怎能还是白色?

给花儿着色的液汁,
既然全是人血汇成,
那些盛开的花朵
怎会没有红色的印痕?

旧有的花坛被人侵占,
这样的耻辱,从家乡
一直渗透到了花冠,
难道它们没有觉得?

陌生人当面把花折断,
却没有一朵花敢顶撞;
也没有一朵花敢不开,
不向战胜者献媚;

没有一朵花对蜜蜂说:
"我现在毫无香味!"
对弄醒它的蝴蝶说:
"我现在不想理你。"

在这无数可怜的孩子丧生、
给人类带来无穷灾难的平原,
没有一朵花由于感到耻辱

而褪去身上艳丽的色泽。

花儿没有给我们作任何证明，
只用我们的哀伤制造美丽，
因为它们没有丝毫记忆，
在旧世界照样年年开花。

花儿啊，快快悲哀地合上
你们新开的花朵；
难道没有感到
年轻寡妇的哀伤？

你们毫不内疚地开放，
漠然冷对我们的痛苦；
法国的花啊，我们同为一家，
你们也应该为我们的死者悲哭。

悔

在和平年代,
我淡然地爱我的祖国,
我为它应得的伟大名声
感到骄傲,但谈不上崇敬。

我像雪莱那样写道:
"我是世界公民,
在所有生活富裕的地方,
我都觉得人民可爱土地可亲!

"从曙光升起的海岸
到夕阳下山的地方,
我的敌人,是坏人,
我的国旗,是蓝天!

"哪里实行和平统治,
艺术朝我微笑向我呼唤,
哪里公民礼貌人民美丽,
我就移民到哪里。

"我的同胞,是人类!"
所以,我曾在全世界
广发这颗法兰西善心,
如今却对它倍加珍惜。

我曾忘了已得到的一切,
我的家和所有爱我的人,
我的面包,我的理想,
甚至忘了我的父老乡亲,

忘了自童年时代起
我就在这双抚慰我
同时也伤害我的眼睛里,
领略过法国天空的美丽!

那时,我没有好好体会;
可自从这阴沉的日子以来,
我终于为我迷途的柔情

感到了不安和后悔；

这些柔情，我紧抱着
把它们带回了祖国，
带回给因为爱人类
而被我背叛的同胞；

带回给那些为了我的权利、
我的梦想而流血牺牲的人；
如果大家都成了我的兄弟，
我以后又该如何称呼他们？

我将在宽阔的路面，
在沟壑，在斜坡，
吻着人们不再洗刷的
每一滴鲜血；

我将在炮楼中，
在碉堡的壕沟里，
收集最近无麦的面包
黑色然而忠诚的碎屑；

在我们仍被侵袭的田野，

我像个朝圣者，收集着
哪怕再小的三色残片，
如同收集珍贵的文物；

因为，我爱不幸之中的你，
法国啊，自这场战争以来，
即使孩子，也像大家一样
愿为这三种颜色而献身！

我跟他们一道爱你的太阳，
爱你古老的葡萄树和可敬的土地，
我们的祖先从中获得了
无限的才能和非凡的力量。

当我看见黑色的鹰
靠近你颤抖的钟楼，
我感到我生命的根茎
都在你的枝干上发抖。

怀着令人妒忌的虔诚，
带着姗姗来迟的内疚，
我也来分担你的过失；
你的不幸，我来承受。

奥特伊水塘

不管是年轻的还是年老的,所有的复仇者们,
你们冒着枪弹,冲向城墙,
栽倒在冷天下,或横躺在平原上;
兄弟们啊,请原谅,如果我看着门口
横陈在枯叶中的这些大树,
(你们以前也见到过它们)
　　就不禁为那片森林伤心。

我们多么爱这片森林,由于它的年龄,
它的位置,由于种树的陌生前辈,
尤其是因为它倾泻浓荫
在人们心中唤起甜蜜的美梦,
由于它狭窄的小路、荒芜的草地
和清凉的缺口,它朦胧的远景
　　如明亮的幻境往后退去。

林中,沉睡着一口古老的天然池塘,
静静地垂钓,突然鱼钩飞起
鱼鳞的银光与水面互相交映,
千百只美丽的蝴蝶来照自己的翅膀;
水那么平静,没有一片叶子滑过,
水又那么敏感,水母的触须
　　来回弄出许多波纹。

水塘上三棵橡树搭起可敬的阴凉;
巨大的树干四周,突出的树根
离开地面,成了临时板凳,
夏天,当乌云沉沉压向地面,
树叶展开叶子,如烈日下的帐篷,
为渴望沉睡的眼睛遮挡
　　可能透入林中的阳光。

它的常客,儿童、妇女、飞鸟
和梦幻者,在厚厚的树冠的保护下,
安度着宁静的时光,
大树散发出健康的味道,长长的枝条
像一把随时准备演奏的大竖琴,
让风在音阶清脆的跳跃中更加响亮,

让空气呼吸得更甜蜜。

可以看到牧羊人或林子的主人
刻着树皮上的古老名字，再来时
树长高了，名字却越来越模糊；
上下都用石膏修补过的树干，
根部开裂凹陷，堆积着尘土
乌黑乌黑，就像炉中的余灰，
　　回忆已经烧尽。

这儿幽深安静：我们都不敢相信
游离不定的小路消失得那么遥远，
粗大的橡树和小河都在这角落安家。
是怎样的晕眩推远了它虚幻的疆界？
昔日在此漫步的人们，谁还记得
那高大的棱堡不可一世的岬角
　　竟挨着这人间天堂。

不管是年轻的还是年老的，所有的勇敢者，
听到祖国的召唤你们便集合在一起，
枪弹击倒了你们，就像风吹麦子，
请原谅我，如果强烈的仇恨
压得我直不起腰，我由于怯懦

最后一次想起这些倒在枯叶中的大树,
　　如果我还爱这片森林!

现在,这些百年大树都倒在地上,
折断的树枝四处散乱,一动不动,
树梢被弹片削断,遍地横躺;
人们看着槽口,根据环形的年轮,
计算着大树度过的漫长岁月
和那些名字已不复存在的人们
　　在可怕的裹尸布中沉睡的时光。

啊,这些被侮辱受摧残的大树,
也许没有鲜血淋漓的伤口,
也没有长声呼号来证明剧痛,
但它们也有人一样的痛苦,值得同情,
它们的残根断枝阻挡着侵略者的马匹,
唤起了理智所不屑的怜悯,
　　依旧悦目赏心。

也许,大树之间互相在问,为什么
曾让它们暂停生长,让生命休息,
像轻吻一样遍撒哀伤的秋天,
如今凶横野蛮,风刮雷轰,摧残一切,

而不再像是传递上帝恩泽的使者?
或许,它们懂得了自己的作用,
　　再美的大树也不过是一个桩?

同一块土地所孕育,它们和我们一样
也武装了起来;为了这块被践踏的伟大土地
它们的树液与我们的血都不惜流淌!
当爪子冰冷的鹰从狼群出没的路口
把强盗带到我们的围墙底下,
当别的树林已与强盗们展开搏斗,
　　它们也至少为我们而战。

像千军万马悄悄地停止前进,
倾听骑兵的马蹄声从远处传来,
被炸倒的大树枝干数不胜数,
切削得如同投枪,严阵以待;
最粗的树桩就像一个元老,
面对巨大的灾难运筹帷幄,
　　权衡着最后一仗的胜算。

美丽的橡树被枪炮击残,形单影只;
乌黑的泥水浸泡着它们的根部;
再也不会有人来树荫下就座休息;

情侣拆散了,相爱的人都在哭泣;
它们从前的卫士现在成了屠夫;
再无暖窝也无爱情,它们像人一样
　　英勇地倒地牺牲!

不管是年轻的还是年老的,所有的殉难者,
你们遭到了看不见的枪弹的袭击,
咒骂着倒在厚厚的灌木丛中。
兄弟们,请原谅我,如果我在门口
看见这些躺在枯叶中的老橡树,
仿佛看见来自高卢祖先的援军,
　　我为森林找到了永别的方式!

回　春

空气还在哀叹，四周
还回响着最后的炮声，
遭到过炮击的大地
还在剧烈地颤抖。

焦黑的废墟之上
还飘着乌黑的浓烟；
被军人践踏的田野
依然遍体鳞伤。

可如同天上的星星
撕破无边的浓黑，
爱情已撩起巨悲
蒙在它身上的纱巾。

情侣、恋人和夫妻,
纯洁的爱,庄重的爱,
在战火中陪伴着勇士,
也曾受到同样的威胁。

勇士们投入了战斗,
不再现身,不再回答,
嘴唇因耻辱而紧闭,
目光因敬意而低垂。

因为,共同的不幸
使准备献身的青年
克制住自己的所有感情,
一心盼望经受战争的考验。

为了他们唯一的所爱,
祖国,他们挺身而出,
抛开了妻子、允诺
和尚未完成的表白。

"我爱你!"这几个
埋在痛苦中的字眼,
在崇高的牺牲面前,

似乎永远被人忘却。

现在,忠贞的爱情
又在希望中悄悄萌发;
听到春天神圣的命令,
它充满活力重又来临。

抬起泪水未干的双眼,
先前的恐慌尚未消失,
他们回来了,羞怯地
想找回旧日的目光。

既然草地又披上了绿装,
空气中飘散着丁香的芬芳;
既然鸟儿在唱,他们也坚强起来,
低声呼唤着彼此的名字。

许多人已不能回答:
喊叫名字的声音
回响在荒芜坟茔;
伙伴已在草中长眠。

在摇晃不停的草下,

他睡了死了,只得到
乌云冰凉的泪滴
和清风无力的叹息。

战争啊,你最可悲的作品
是拆开了紧拉着的双手,
把可爱的白天
突然窒息在黎明。

是破坏人类的前途,
袭击毫无选择的人们,
同时伤害已经出生
和尚未出世的婴儿。

但是,幸存的情侣
重新筑起温暖的小窝;
在无数悲哭的孤独者中
他们的身体靠得更紧。

经历了那么恐慌的日子,
他们更亲密地互相依偎,
似乎觉得,现在的吻
比初恋更为甜蜜。

就这样，由于脚踩着雪，
互相等待了一个漫长严冬，
所以能相聚在灰烬之中，
虽然过去的屋顶已经被焚。

爱情，来自永恒的大自然，
由于它，田野又鲜花烂漫，
它像大自然一样不可战胜，
流干的血，它会一一偿还。

尚在母腹中躁动的
未来的孩子啊，
这春天来自死亡，
别忘了，你生在这个春天！

枉然的柔情

在杜伊勒利宫

美丽而可爱的女孩啊,你将让
那些顽童,未来的男子汉们
哭泣,你目光清纯,睫毛调皮地扑闪,
以后会勾起他们青春的梦想。

他们喜欢你清脆圆润的声音,
但你那种迷人的音色
他们现在还辨不太清,
将来才会感觉得更加深刻。

他们碰到你的耳环却没被灼痛,
耳环金光闪耀,
让你野性的头发
就像幼狮的鬃毛。

他们猜不到,当你加入游戏的队伍,
满脸微笑,或冷漠,或温柔,
抱住他们脖子的时候,
你已显露将带给他们痛苦。

你已然如此,当你扎进他们怀里,
还以为自己在跟他们玩耍;
你的唇比你的脸更加成熟,
那种美将让他们日想夜思。

母 爱

宽厚慈祥,英勇慷慨,
你一呼唤她就来到你身边,
谁能告诉我,母爱
始于何时,又终于哪天?

它从来不等待你的回报,
也不计较你是否忘恩负义;
当你被父亲冷落和抛弃,
母亲总会张开她的怀抱。

最可信的人也可能对我们撒谎,
而她忠诚永远,初心不改,
她是如此勇敢又如此谦卑,
你的不孝她不会放在心上。

为了追随我们，她不怕上山下海，
当我们失意时，她总是不离不弃，
不管山有多高，海有多深，
她总是勇敢无畏，天下无敌。

还有比母亲的胸怀
更温柔的梦乡？
还有什么更平静的地方
能安慰一颗脆弱痛苦的心？

哪个朋友受到冷落
会不义愤填膺？
有谁见自己被忽略
而不感到伤心？

如果没有生还的可能
哪个朋友敢来悬崖救你？
他会感到这是天大的牺牲，
而母亲却觉得这不过是爱。

在友谊的交往当中，
谁不希望得到好处？
可母亲面对利益，

多少次一让再让!

母亲啊,唯一的达娜伊特,
她赤胆忠心,始终如一。
她不会埋怨瓮中空空,
却会把自己的心放入其中。

新　娘

新娘脸色苍白
似乎弱不禁风，
纯洁的百合，一碰就会凋零，
温柔的百合，一动就会折断，
哪个男子去摘
都会终身遗憾。

粗鲁的手，不解风情，
再怎么纯洁也会被它糟蹋，
它以唬人为乐，吓人为戏，
这样的手不配碰她。
碰她的手必须温柔，
如清风吹动雪白的薄纱。

热情似火的嘴唇，

会让少女惊恐,
先有尊重才会有下文;
配得上吻她的嘴唇,
要像一只飞舞的蜜蜂
悄悄地过来,轻轻地落。

配得上拥抱她的双臂
动作一定亲切温柔,
过于鲁莽会让她厌烦。
要懂得如何将她拥抱
就像波浪,躺上去不让人害怕。

婚姻应该让她有所约束,
却不能让她感到委屈。
它所引起的爱慕之情,
要让人猜透她的内心:
她是花朵,应该弯腰欣赏,
爱她,而不让她感到心慌。

欢　愉

不知不觉，我说了声"亲爱的"，
而没有叫她"女士"，这一声
发自内心，让我把一个陌生女人
变成了一个姐妹。

对于一个温柔的女人
爱情的真正保证，
是内心深处的忠贞，
而非恭维与追逐；
不是逢场作戏，
弄错了便拼命掩饰，
而是一个简单的词，
不经意间，脱口而出……

不是唉声叹气，

如穿着破衣的乞丐,
而是自然得像呼吸
该怎么说就怎么说。
也不是沉默,
因为沉默也是说谎,
是一种违心的语言
而非真话。

不知不觉,我说了声"亲爱的",
而没有叫她"女士",这一声
发自内心,让我把一个陌生女人
变成了一个姐妹。

邀　舞

这种友谊简单却很神秘，
我可以对她的打扮指指点点，
夜晚，当我们在舞厅门口相遇，
我总让她盛装站在我面前。

她压下裙摆，抬头看我一眼，
把我的眼睛当作是化妆的镜，
然后悄悄地对我说："再见！"
美丽而傲慢地走进舞厅。

我马上紧紧跟上去。
一群男子在恭维她，
我天真谦卑地奔向前，
假装是个陌生人，

心照不宣地对她说：

"是否能请您跳支舞？"

她也装作不识我，

回答说："当然！"

持 久

爱人啊，我们的四周
现在空荡荡让人哀伤；
多少往事已不再来，
剩下的也都变了模样。
不幸啊，我们再也看不到
年轻时明亮闪光的眼睛。
看着我们长大的人
大多已不在人间。
时间带走了多少青春，
回来时却两手空空。
但有些东西它带不走：
我爱你，我心依旧。

我真正的心，自诞生之日，
就执意留下，甘愿受苦，

我童年的心，母亲给我的
纯洁的心，没有被玷污；
这颗心，它刀枪不入，
但从此也不再对任何人开放。
我爱你，用我的整个生命，
用我的全部力量抵抗死亡。
如果它能挑战死神，
如果人身上最宝贵的东西
什么也破坏不了，我爱你，
用我不变的一切。

沉　默

腼腆并不意味着仁慈，
任何表白都会遭到惩处，
因为一开口说"不"，
便拉开了痛苦的序幕。

你的心已夺口而出，
你可千万不要表白，
心在深深的沉寂中
可以给你各种解释，

吻她的手但不要用劲，
那是一朵易受伤害的百合，
一丝微风就能让它颤抖不停；

爱她却又不说出爱字，
沉默吧，她是那么温柔
将来，你也会如此。

不忠者

我爱你,并在等待今生的妻子,
她总有一天会来与我相约,
在不变的伊甸园,远离负心地,
那里的草地一年才开花一月。

我将看见,广阔的草地上,
死者在寻找一去不返的姻缘,
你各个时期的姐妹络绎不绝,
我将背叛你却又不让你妒忌。

因为,你选定终身伴侣之时,
当他在人群中一闪而过,
一声呼唤你就会把我抛弃。

我们将会相忘,就像两个游子,
坐同一艘船回到家里,
却不记得曾一道同行。

冷　漠

我还有什么没有给你没有服从于你？
我将把我的力量都献给你或让你怕它。
不管是奴隶还是主人，我至少能迫使你
让我关心你的冷暖，或让你恨我。

总有一天，我会得到这巨大的快乐：
在你心中点燃或熄灭渴望之火，
让你感觉到我的必须或是可怕，
打动你冷漠的心，不管你是否愿意。

不管是奴隶还是主人，我至少进入了你的生活；
你被我的用情打动，屈服于我的枷锁，
无法再逃离我，也不能让我离去。

但你的心太远，我死在你眼前
甚至都不敢叫喊，因为你太温柔
竟连受苦的权利都不愿给我。

愿　望

有时，我希望有个健美的女奴
做我的情人，她不听不说，
粉红色柔嫩的耳朵始终紧闭，
只有火热的叹息能表达我的爱慕。

而她的嘴，就像酒杯，
杯沿默默地渗出浓浓的醉意，
我还未开口，热情就已传来：
我们默默相拥，一句话不说。

至少，我可以免去痛苦地寻找，
在这灿烂的静态美中触摸理想，
从来没有哪句话能把它破灭。

并在这如此神圣的芳唇
读到上帝的旨意，在吻她耳朵时
只把我的感觉告诉上帝一人。

姗姗来迟

大自然啊，你造物是否太过随意？
全无理性，不讲规则，缺乏才气。
也许你给我唇与手、听觉与目光
只为了残酷地把我讽刺挖苦一番？

有那么多美味我却尝不到，
那么多果实要摘却不许我碰，
还有那么多和谐的波涛
以及阳光，可惜都姗姗来迟。

如果我死了却没见到陌生的偶像，
如果她遥远的声音传不到我耳旁，
我又为什么要有耳朵和眼睛？

离开了她的手，我的手还有何用？
如果她不属于我，我干吗要唇与心？
如果死去更好，我又何必活着？

人间的爱情

四目相遇,两情相悦。
你我共同生活在同一时代,
时间漫长,空间无限,
你没有寻找我,也没有选择我。

在这永恒的世界我毫无你的影踪,
不知你的存在也不知道你在哪里,
只想在该来的时候在此与你相遇:
命运自有安排,不管我们是否愿意。

人世间的爱不过是偶遇一场,
你未来的丈夫和我未来的妻子
徒劳地叹息,我们将远离他们悲伤。

你在我身上感觉到的是他,我与他相似,
吸引我走向你的是她,我们俩
在共同的寻找中双双坠入情网。

失去的时间

成果不多,却如此劳累和烦恼,
我们整日里都在空忙:
他们的恶犬追得我们气喘吁吁,
逼到墙角吞噬,时光流淌……

"明天,我会去那可怜鬼家里去看他,
明天,我会去取回那本几乎未翻的书,
明天,亲爱的,我会告诉你把你带往何处,
明天,我肯定会……但不是今日。"

今天,有那么多人要看,有太多的事要做!
一大堆不属于我们的义务
苍蝇般讨厌地在我们身边飞舞。

心灵、思想和书都因此被冷落,
当你应接不暇,忽略了生活,
真正的义务在暗中等待你的关注。

沉思集

◆◆◆◆

易变质、易出事的东西永远不能成为幸福的来源,因为我们不应该把必须持久的幸福与必然短暂的快乐混为一谈。所以,应当在持久的东西当中寻找幸福。事实令人欣慰,让人叫好,人们在灵魂的三大能力中找到了强暴的命运、时间和专制所无法破坏的欢乐因素:科学是神圣不可侵犯的,变化是神圣不可侵犯的,爱是神圣不可侵犯的。因此,为了幸福,让我们寻找真理,即上帝本身;让我们获得自由,也就是说,要战胜自己的激情,尤其要有爱心,这是最便利的极乐之路。我激动地看到,这个世界总的来说还是幸福的,因为人们可以在此学习,大家都有强烈的竞争愿望,诗让我们去爱一切。

很明显,幸福在于我们实现了自己的意愿和渴望。为了得到满足,愿望要求一种陌生的、独立于我们的意愿的意愿与它保持和谐、一致。为了更确定地能得到幸福,渴望的东西越少越好,并且,在我们的意愿最不可能遇到障碍的事情上去实现我们的愿望。所以,应该放弃尘世上的东西,可是,人又生活在尘世的事物当中。因此,如果没有上天给我们的希望,幸福的本质都是矛盾的。没有上天,最坚决的禁欲者的幸福还不如一小时的欢乐。

幸福是因为人们感到幸福而不是真的幸福，伟大是人们以为伟大而远非因为幸福。与其伟大，不如幸福？与其文明，不如野蛮？啊！从我们这儿拿走幸福吧，而绝不要拿走不幸！懂得受苦的人比幸福者要强得多！我们珍惜努力忍受痛苦的荣耀，正如士兵珍惜给他点缀胸口的伤疤。卢梭不懂得这点。

快乐不过是痛苦的暂息，幸福则对痛苦毫无知晓。

幸福由于其自身的条件（有可能持续和永久）而区别于快乐，它创造了一种气氛，而快乐只造就了一道闪电，火箭般转瞬即逝的欢快。

人们还不怎么分得清"拥有"和"欢乐"这两个概念。如果有人得到一种利益之后，还一直对能够拥有这种利益感到高兴，那这种拥有就是幸福。可随着财富的不断增加，我们的欲望也在不断地增大。没错，我们只想得到我们能希望得到的东西，可我们拥有得越多，我们能希望的也越多。我们最初的愿望只是一个小小的圆圈，后来就是这样扩展到无穷大。

爱情是幸福的巨大源泉，可世上的东西都是要消亡的，并且在消亡中使我们痛苦，所以，应该依恋永恒的事物，在这依恋当中寻找幸福。可永恒的东西并非人人都能得到，美和真就是如此。不过，为了使幸福成为可能，上帝想大家都拥有了永恒的善。

过去和未来都不属于我们，但它们用回忆、悔恨、希望和恐惧带来了现阶段我们最重要的那份感觉。所以，幸福不是别的，而是回忆和预感。

每个生灵所需的东西似乎都与其智慧成正比。可一无所有的才子，如果他的整个灵魂充满智慧，不是应该比只有本能的野蛮人分到更多的东西吗？不过，他还是多得了某个东西：一颗用来感受痛苦和欢乐，尤其是用来爱的心。可这颗心并没有使他更加幸福。他历尽千辛万苦，终于找到了舒适和安逸，却惊奇地发现这并不是幸福。于是他找啊找啊，询问世人，拍打额头，却没想到，他想用才智来满足的欲望，根源皆来自心中；没想到才智在他的各种能力中，如同心中的欲望，并非无穷无尽。人们遗忘之迅速不亚于渴望之迫切，当他达到所寻找的目的时，他只感到快乐，即一点点幸福，其理由非常简单：他的发现先是给他带来了额外的快乐，但这种快乐不久就成了他的必需品。从此，他不会因为拥有这种新的财富而感到更加幸福，而这种财富一旦失去，他却会感到不幸。你平时会因自己有两条胳膊而感到满足吗？人们从来没想过这一点，他们会带着健全的肢体自杀。相反，要是有三只胳膊，人们会多么快乐！可如果从此只剩下两条胳膊，那将是一种不幸。所以，大部分发现只是不断地使人失去可能失去的东西，而不是增添真正的快乐。富人认为自己有很多钱可以失去，穷人认为自己有很多钱可以获得。前者想的是自己所拥有的，后者想的是自己所没有的，谁都不高兴。最后只剩下不穷不富的，可对大多数人来说，不穷不富比不幸更难以忍受，因为所有极端的东西都有用来满足虚荣心的资本。

对于某些赌徒，如数收下他们输掉的钱，还不如把这些钱还给他们四分之一，这样他们会把最后一分钱也扔进水中。正如我曾说过的那样，任何事情做到头了都有一种苦涩的快乐，这是两头不靠的人所享受不到的。我们似乎把自己的剩下的东西抛给了命运，免得它继续开心地抢劫我们。

◆◆◆◆

并不是所有的情人都是诗人，远远不是。谢天谢地！不过，有个东西所有的情人都有诗人的目光来看，那就是所爱的对象。

我喜欢"对象"这个词。是的，被爱的女人是时间和疾病要破坏的对象，她像许多衰老的东西一样，将由此失去一切魅力。因为说白了，爱情是对外貌的一种崇拜。男人自相矛盾地指责女人可怜地用打扮和化妆来与岁月做斗争！可首饰和脂粉正是女人用来羞辱我们的东西。

只有极其狂妄自大的人才会相信自己被人所爱，可要让自己不相信被人爱，那得极其不幸才做得到。

情人想取悦对方似乎甚于让自己开心，但他最终还是自私的，因为他让别人高兴的目的是想让自己开心。

爱情所怂恿的大胆引诱，与爱情所许诺的幸福是相对应的。所以，这种引诱，确切地说并不是狂热的爱情，如果经验尚未告诉他许诺是骗人的东西。

好色者喜欢害羞的人：因为这是一块待揭的面纱，这是其一；征服所获得的自豪增添了快乐，这是其二。

惩罚卖弄风情的女人，最好的办法是只让她想念爱情。她一旦意识到这一点，就不会再卖弄风情了。

假正经是世故的害羞，贞洁是知情的害羞。假正经不用担心安全，害羞是只愿意灵与肉完全献出的女人的自然防卫，是对只献出肉体不献出灵魂的女人的厌恶；它是生命不可分割的证明。

人们不管怎样都对女人抱有好感。他们对堕落的女人比对造成女人堕落的男人更蔑视，这就是证明。

一个真正善良的女人也必然是一个有思想有美德的女人，因为女人的心十分细腻。细腻是敏感和细心的综合体，那正是没有恶意的思想之所在。

母爱之所以感人，是因为它把母亲变成了上帝。母亲很少不明白自己的作用。

对我来说，爱就是使人幸福。爱情正如我所感到的那样，存在于为了女人的幸福而做出牺牲至少做出贡献的需要之中。

关于爱情——

长篇大论地讨论爱情如何虚荣如何脆弱是无聊的。

男人只需把爱情藏在心中，而不应该在划分其性质时破坏它。爱情是感觉，同时也是思想，正如美本身也是形式和表现方式一样。没有接吻的爱是不完整的，没有柔情和尊重的爱也是不完整的。学会融汇这两股幸福源泉，按适当的比例混合，不使其干涸，这就是爱的艺术。当人们想一口喝掉幸福之水时，他觉得这算不了什么。爱情总的来说在其乐趣方面是可分的，只要细细品尝才觉得味好，其理由十分简单：声色之乐不管如何强烈都是有局限的，可人们用此创造出来的形象不会比想象本身有更多的限制。这就产生了某种失望。此外，精神之恋，即感情，在心中是无度的，没有限制的，其强烈的程度总是超过肉体之爱。所以，心灵之恋和表达它的感官爱情之间是不协调的，由此产生了痛苦之情。厌倦从精神之恋传到了肉体之恋，因为它们是不可分割的。没有什么比放荡更容易、更致命的东西了，要想到达幸福的尽头快得很。相反，聪明人对快乐非常节俭，他不是一次用完自己的宝藏，而是懂得如何使肉体之爱像精神之恋那样无穷无尽、永不枯竭。

耽于肉欲的人应该懂得，我们越是尊重妇女，我们在与她们交往中获得的乐趣也就越大越迷人。越是害羞，获得的乐趣就越大。

很少女人有那么高尚的道德和巨大的智慧，以至于让人忘了她们的美貌。

是我们对她们的爱使她们对我们的爱变得那么甜蜜，假如我们不爱她，那她的爱对我们来说是痛苦的，不会打动我们。被你所爱的人所爱，那才是幸福的。

想爱的时候得不到爱，不想爱的时候却得到了爱。我不知道对正直的人来说，哪种情况更让人痛苦。

在被人爱上之前，人们以为即使被最丑的女人爱上也是幸福的。但在这一点上，人们会感到失望。

爱，很平常；相爱，颇少见。爱是一条法则，相爱是一种偶然。

给一个男人生命和剥夺他的生命，这是同样重要的事情。无论在哪种情况下，你都不知道给他带来了什么命运；无论在哪种情况下，你都拥有他。爱情像罪恶一样隐蔽，像罪恶一样犹豫，像罪恶一样内疚。可情人在献出生命的时候并没有意识到自己在做什么，他们被快乐所左右。当这种快乐由于婚姻而变得合法时，他们既不懂其中的秘密，也不懂其中的犹豫和内疚。然而，使他们心神不安的天性也许懂得这种行为的重要性，在他们身上颤抖的正是这种天性。只有它才能让人痛苦，情人不过是盲目的同谋。

有些人，人们宁愿看见他们病倒也不愿意看见他们不忠诚，这就叫作爱！

当爱情没有别的用处，除了让一点点小东西具有价值，这样的爱是神圣的。

爱情的废墟永远不能修复。它只有被击中核心才会灭亡。

妒忌是爱情的海关，它总是在寻找是否还有什么要报关。可走私品何其多也，而海关法又多么严格！原则上大家都承认它，但谁也不遵守。多少次，妒忌还没开口，人们就把钥匙交了出来。于是，它开始检查。

信誓旦旦地说信任，这是妒忌的迹象。

在真正的爱情中，信任是妒忌唯一的庇护所。

柔情，心灵的守护神。柔情的特征是预感和猜测。

在爱情的争吵中，冷漠总是占上风，因为只有它才能思考；最不温柔的永远是最有道理的。

献殷勤是交易，爱情是牺牲。

恋爱时，愿望和拥有之间好像银汉迢迢。这似乎指的是跨过一道神圣的门槛，这一步是多么巨大啊……但进门之迅速令人惊奇。不过，语言中那么明确的"您"与"你"之间的区别模糊了，很快，感情上也同样。突然间，人们就坦诚地以"你"相称了。爱情以"你"相称，是因为它是两颗心为了互相结合和拥有的升降极限。它消除了地位和能力方面的区别，让两个人等同了。

情人的名字会成为形容词，可以用来修饰。

情人的名字不是一个普通的词，它有一张特殊的面孔，有生命，温柔而神圣；人们往往低着头，压低声音，装作不经意的样子，艰难地说出这个名字，好像它不慎带有爱情的痕迹，会暴露爱情一样。然而，听到它，还是让人感到非常幸福，不仅仅是因为这是一种响声，而是一种声音。当它被写下来的时候，人们给了它一张可爱的面孔……

演说家喜欢有各类听众，诗人寻找精英，情人偏爱某人，没有这个人他将感到孤独难忍。

没有敬意的激情可能会有，但不存在没有敬意的柔情。

在用尽柔情之前用尽了温柔的语言，我对此感到失望。我还要对她说多少年？我羡慕儿童结结巴巴但富有表现力的语言。

女人之所以同情是因为痛苦，而非出于理智。

柔情之于爱情正如风度之于美貌：柔情是爱情的风度。

女人，就是上帝的微笑。

被爱，意味着有个人只想让我们好，想委身于我们。想到这一点，我们会感到爱情的巨大价值，尤其是在这个越来越自私的社会里。

第一个试图用婚约毕生为女人创造幸福也创造自己与她在一起的幸福的人，也许很鲁莽，但爱得很深情。

不敢说"我将永远爱你"就是不爱；说了，是证明婚姻的合法性。

根据法典，婚姻法是这样的：法律在生活中画了两道平行线，它对夫妻说："请在这两条线中间走；允许你们在那儿相会，但禁止出来。"

男女之间为了生活而进行的人为结合，是人们所能想象的最鲁莽最可怕的事情。

在纸下放一块磁铁，纸上的针不可能不动。磁铁随意支配顺从的金属。可把它们放在一起，就完全不灵了。而一旦分开，它们又处于吸引和被吸引状态。女人懂得这种秘密。有人会说我的例子不太具有说服力，因为针与磁铁的这种关系唯有强力才能拆开。我将回答说，婚姻也是一种不可解体的关系。我的例子很恰当，因为针与磁铁的结合不妨碍磁铁吸引另一枚针，只说明磁铁对第一枚针的冷漠。这是许多夫妻的写照。

◆◆◆◆

出于友情而爱的男人，人们希望他幸福；出于爱情而爱的女人，人们希望看到她陷入困境，以便帮助她摆脱困境。她的幸福不会使我们开心，除非这种幸福是我们创造的。

爱情中有自私的成分，而友情中绝不会有。一个是出借，一个是奉献。

友情使人热情生活，爱情使人不畏死亡。

爱情的倾诉让人神魂颠倒，友情的倾诉使人神清气爽。

爱情大于友谊，因为它可以填补友谊；可友谊高于爱情，因为当爱情破碎时它能带来安慰。

情人之间总是互求幸福，朋友之间总是互赠幸福。

友情的幸福靠其自身，爱情的幸福则要等待。

爱情是不断的祈求，友谊是不断的交换。

唯有友谊是完美的。

我不知道世界上有什么比与朋友谈论伤心事更为愉快。

真正的友情能产生一种抗拒命运打击的力量，不可战胜，它能对飞黄腾达嗤之以鼻。

两个朋友应该心心相印，其他可以有别。

通常，我们对陌生人比对朋友照料得更周到。

刚产生的友谊不知不觉地战胜礼貌，最后用亲密驱除礼貌。

友情有一个不可能弄错的标准，那就是所付出的时间。

你可以让最要好的朋友不高兴，但对于母亲，你只能使她痛苦，永远也不可能让她不高兴。

◆◆◆◆

人们往往把愚蠢当作善良，可没有智慧就没有真正的善良。因为善良不仅仅是爱，爱是连动物都有的本能。善良是在爱情中能带来杰出智慧和伟大思想的东西。善良是人所特有的，因为它是爱中的智慧。

有的人能酝酿和猜测心中之事，然后清楚地把它说出来；另一些人能深深地感觉到，却完全不知道怎么说。

某些天才人物的卑贱让我懂得了心是尊严唯一的所在。

肉体的生存需要所有的人，精神需要某一部分人。心灵对交往者数量的要求低于对质量的要求。

时间对人的任何影响，尤其是在他不在的时候，都足以证明人心是会变的，可我们不敢告诉任何人。多少爱情和友谊只靠迟疑来维持啊!

当某个人与众人意见不同时,别马上说他错了。否则,如果他是唯一正确的人,那就贻笑大方了。想到群众是由个人所组成的,我们对集体的意见就不会那么重视了。

那些想一下子改变社会的人是疯子,但他们看到了社会应该改变,这又没疯。应该用这种观点去评判某些乌托邦。

有些人呼吁服务社会,昂贵地向社会出售自己的服务,却把那些闭门不出、对社会一无所求的人当作懒鬼。

名誉是人们小心翼翼地保持干净的家庭大衣。名誉问题说到底不过是道德纯洁问题。

说到底,名誉就是受了虚荣心骗的尊严。

许多人虽然作恶多端,但仍信守他们以名誉担保的诺言。因为诺言唤起的信心能给他们带来满足。他们仅靠这一点维系他们渐渐妥协的诚实。

重视名誉的人会把属于恺撒的东西还给恺撒,把他觉得好的东西还给上帝。

赞同众人的意见,也许是因为软弱,也许是因为蔑视,也许是因为优越感。

人们把忘却自己叫作恢复本性。

一个社会,年轻人在差不多十年的时间只能得到不光彩的或失望的爱情,你会怎么评判它?

众人尤其是女人的谈话只是冗长的事实罗列,是不怎么可靠的论证;严肃的男人的谈话是对真理的共同追求,它解决或明确一个问题。

有时，要想不奉承别人，必须很有能耐才行。

我们希望旁人能够得到所有可以得到的东西，只是不要占自己的便宜。

问题解决时，人们喜欢征求别人的意见，也许是奉承，也许是虚荣，可能还因为希望得到赞同。

假如你认识的人互相交换你写给他们的信件，你会觉得很不自在。

人们想："假如我生病了，我的事业该怎么办？"可疾病使他离开了一切。人生病时便摆脱了野心，并享受这种解脱。

讨人喜欢的秘密是没有任何秘密。

只有贬低自己为他人谋利，才能取悦他人。

要让别人喜欢自己的长处，应该在妒忌产生之前就遏制它，应该生来就避免竞争。

怀疑，这已经是惩罚了。

怀疑是凭自己的兴趣做出判断。

善良者不会怀疑我们，而是替我们担惊受怕。

必须消除猜忌，只因为它不能与人为善。

什么叫胆怯？天生害怕到庭，而不是害怕判决。

在世界上，热烈多情很有好处，它能证明勇敢，遮掩失败。严肃冷峻总显得责任重重，容易变得可笑。

世界如此霸道，自卫完全可以得到原谅。

对自己的独立原则：不养成任何习惯而习惯一切。

对别人的独立原则：诚实、谨慎，充分意识到别人的价值。

没有力量就没有任何自由，这在一点点小事上就能得到证明。不能使任何人恼火的人是众人的奴隶。在巴黎，征服时间和合理利用时间需要同样的性格力量。

◆◆◆◆

礼貌如果不是有利于懒惰，且不对干活的人征收那么多税，那它就完美了。

礼貌属于善良，犹如崇拜属于宗教。

为什么诽谤不被看作是无礼？背后说人，是一种无礼的行为。但有人回答说，只有在场者之间才有礼貌可言。这种观点十分清楚地说明了礼貌的特性与实质。

人不遮饰便直显丑陋，这让虚伪得到了原谅。所以我们注意到，我们一直在扮演一个与我们自己并不完全相同的角色。礼貌需要这样，正如羞耻需要伪装一样。从这个角度来看，礼貌是我们道德不完美的羞耻，虚伪是邪恶的羞耻。

礼貌在于显示应该如此的东西。所以，一个生来就礼貌的人其实也是个好人，因为他与他所表现出来的一样好。我们对礼貌做出的牺牲要比对道德做出的牺牲多，因为我们为虚荣牺牲要比为意识牺牲容易得多。

人们宴请我，我得赴宴，这很恼人。礼貌和感激都要求我这样做。但我这样做是出于礼貌而不是出于感激。为什么我不致力于感激而致力于礼貌呢？结果，当我能自由行事时，我却违心地撒谎。

礼貌人人都能做到，但高雅的举止却不是人人都有，因为高雅的举止是思想和心灵赋予行动的自然美。礼貌和高雅之间的区别和衣服与脸蛋之间的区别是一样的。

因别人无礼而生气，等于抱怨自己没有受骗上当。

最难做到的礼貌是装作在听别人说话。

礼貌是人们所能原谅的唯一的虚伪，因为它是互相的。

良好的举止来自内心，礼貌的举止则可以不来自内心，它反映了人们被迫装出来的善良。

谦逊的人不是最有礼貌的，而骄傲的人永远是最有礼貌的。

工　作

人老了，会做出可笑的事情，自己却感觉不到。

无法再忍受开着门；需要阳光；觉得丑女人少了，好吃的东西也少了。这是衰老的迹象。

我为独自烦恼的人担心，他们最好的朋友不是别人，而是自己。

懒惰有三：肉体的懒惰，无精打采；精神的懒惰，如梦似醒；意识的懒惰，任性无常。

懒人是自私的，哪怕他很善良。

人们把热爱工作当作一种优点。然而，假如工作是一种痛苦，就不可能热情工作；假如工作是一种乐趣，热爱工作则无功可居。

我们往往把爱职业当作爱工作。商人把诗人叫作懒鬼，他不知道逃避事务的诗人晚上要写诗。商人在商务中找到乐趣，诗人在精神活动中得到乐趣。由于辛苦，他们谁也不爱工作，但由于这是能力的体现，他们又不能放弃工作。真正的懒人在行动中找不到任何乐趣，对他们来说，行动不是官能和才能的自然反映，而要他们付出努力。工作的需要完全可以比作一种由"特殊"快乐引起的痒，懒惰者缺少的正是这种痒。懒人之所以不讨我们喜欢，是因为他们对我们没有用处，可勤劳者只服从本能，这与懒人别无二致。一句话，要勤劳者休息跟要懒人干活一样艰难。

一个人，如果自己没什么用，他肯定不会觉得自己没有价值，除非他是傻瓜。

◆◆◆◆

聪明应该让人像盐一样喜欢它：适可而止，不能太多。

突如其来的坦率只能使人惊奇，而不是讨人喜欢。

坦率使人得到一种非凡的力量和巨大的独立。不幸的是，绝对的坦率是毫无保留的。所有的话都经过思考，这样的人是诚实的，但仅此而已。他们可能有所保留。诚实在于不说谎。只有那些想什么说什么的人才是坦率的。只要不被诘问，人们就可能仅限于真诚，因为他没有说他想说的。可被诘问时，他就得同时思考要说的话，说自己思考过的话，否则就有不真诚之嫌。其实，在回答问题中，真诚与坦率不再能够区分开来。不把一切都说出来就是隐瞒，沉默变成了掩饰。这一切显得很微妙，可社交活动比这更微妙。当别人一定要得到我们的意见时，保持沉默的同时不也是在捍卫真理吗？我们都被迫假装，否认就会让人不高兴。在人际关系中，坦率引起的变化是无法一一列举的。

诚实者的粗暴生硬使他们赢得了虚伪者的奉承，使敏感者惶恐不安，直至变得虚伪。

真诚是机智的表现。人在承认缺点的同时会赢得一种弥补过失、使人原谅缺点的美德，正如人们在承认错误的同时会感到一点不明显的耻辱，这种耻辱能弥补缺点，减轻罪行，平息被冒犯者的愤怒。

◆◆◆◆

傲慢不单是夸大自己的尊严，而且极其渴望别人的尊重。假如这种渴望是想配得上别人的尊重，那倒也不是坏事。可傲慢者更多是想用伪钞把它买来炫耀。

有前途的雄心是那些不掺一丝虚荣的雄心。

灵魂是傲慢还是崇高很容易区分：前者只为超过他人而抬高自己，后者是为超过自己而抬高自己。

妒忌是傲慢失望的表现，怨恨也是；可怨恨含有卑下的成分，而妒忌只是卑下的意识。所以我将这样给怨恨下定义：脱胎于傲慢的卑下的表现；至于妒忌，那是傲慢试图摆脱卑下的感情，傲慢有时贬低它的价值以接近它，有时过分地颂扬它，使得它无法形容或难以置信。

怨恨，傲慢失败的表现；妒忌，遭受平庸之苦的傲慢。

虚荣者的恭维只是一种出借。

如果你要傲慢，你就得对自己严格，因为忍受别人对你的严格并不好受，而且，说到底，没有严格就没有完美。

谦虚愚弄别人，傲慢愚弄自己；真正的聪明人既不骗自己，也不骗别人。应该为自己值得骄傲的东西而自豪,尊重别人的价值。

人一旦意识到自己的谦逊,谦逊也就失去了。

作者的谦虚是一个充满空气、绷得紧紧的薄羊皮袋,一枚大头针就可以让它爆裂。

什么叫谦虚?真正的谦虚是一种用来衡量我们本身价值的完美感情;假谦虚是一种虚荣的谨慎,是贿赂判官的方式。

假谦虚在于跟别人站在同一条线上,以更好地显示自己超过别人。

真正的谦虚在于恰好站在与他同样高的人当中,因为在那儿最容易被湮没。站在高个子后面别人会惊讶,会要求公正对待;站在矮个子后面别人会出声,会给你加高。

谦虚的举止有时表现为一种谄媚的温柔,使人怀疑其真诚。

◆◆◆◆

"看见,就是拥有。"诗人说——"可怜的孩子,"讲究实际的人答道,"我的东西,我可以拿去卖掉,获得利益。"

人们慷慨的程度不是看他献出多少东西,而是看他所献东西的价值。所以,挥霍者的慷慨不值得赞扬。

要求回报就是亵渎自己献出的东西,就是出卖。

为什么不惜花巨款买钻石?是因为它光亮?水滴也闪闪发光。是因为它稀罕?每张树叶都独一无二。

应该节俭地过日子,但是要视自己的条件而定。所以,从来没有规定的节约。一旦发现节约,就已经过分节约了。

奢华只有破坏了财富的平衡，即破坏公平合理的分配和消费才显得危险。当奢华在我们熟悉的房间里让我们感到惊讶的时候，那它就过分了。

啊，借钱给别人，如果只在金钱方面有风险，那该多好！

那些在奉献中找到乐趣的人，很容易在出借时也得到乐趣。

许多人在慷慨与自私之间寻找一个折中的办法。这个办法既不使他们破费，又使他们不用拒绝别人。人一不慷慨就会有卑下之嫌。

出借与奉献时心地不变的人多么幸福！他即使失去金钱也不会失去朋友。

用出借来讨人喜欢，这需要本领。

人的法规表明他想成为什么，人的习惯表明他目前是什么。

◆◆◆◆

一旦受骗，什么都会使我们高兴。所以，宁要痛苦的真实也不要甜蜜的幻想。

既然不满足于曾是未来的现在，为什么还是沉湎于未来的梦幻之中？

固执与泄气往往由同一弱点造成。

人类的一大缺陷是以报酬为目的。所以，财富应该是工作的报酬而不是工作的目的，别人的尊重应该是行为的报酬而不是行为的目的，天堂应该是虔诚的报酬而不是虔诚的目的。有私心就没有任何价值。

有的人会因小事故而失去自控，但大事情不会让他们气馁。

人们喜欢发现真理甚至喜欢真理本身，因为他们可以从发现的过程中而不是真理中得到荣耀。

后悔的机会总是比抓住的机会多。

欣赏只属于聪明的头脑。

没有遭受过疾病的折磨，就得不到那么多健康的乐趣。况且身体的快乐是有限的，痛苦则是无限的。

拒绝时永远应该彬彬有礼，以免请求时低声下气。

为了敢于要求自己的全部正当权利，应该表现得无可指责。假如大家都无可指责，那么他们之间的关系将简单得用不着去想他们的权利。

人们将用自杀所需的勇气来忍受生活，假如失望没有使他们失去理智的话。

平庸的人不会自杀，因为他们不会失望。对于普罗大众来说，世上充满了财富，给他们带来幸福的无知遍地都是。

仁慈比公正要容易得多。

名声反映了公众对一个人的看法，意识反映了上帝对一个人的看法。

软弱足以干出可耻的事情，它是已经演变成不公正的善良。

化学家、数学家、商人和诗人各有其研究、梦想和感兴趣的东西。这种东西是他们判断事物的标准。对他们每个人来说，世界只有与他们的幻想吻合才有存在的理由和价值。

有些病态的性格伴随着健康的灵魂。

狂喜会使我们挥霍，因为它使我们无视除自己以外的一切东西。但它也能让我们变得慷慨，因为它能促使我们爱上别人。

对于不幸的劳动者来说，生活归结于同死亡斗争，归结于为争取进入受苦的状态而忍受痛苦。

思想深刻的人和思想肤浅的人同样都心不在焉：前者只专注于自己目前的事情，后者则不专心于任何思想。

什么是天真？它有双重含义，一重是美学上的，一重是逻辑上的。儿童的天真是一种讨人喜欢的幼稚，成年人的天真是一种摆脱了教育的天性。

想到物质本身并没有任何卑鄙的东西，我不再为人性中最卑鄙的缺点而痛苦。令我们反感的东西在我们身上慢慢地变得让我们喜欢。取消了神经，就没有任何讨人厌的东西了。

同样的行为也许是疯癫使然，也许是因为最高深的哲学。

人们宁愿把荣誉给予死者也不愿意给予生者，因为死者已经退出了竞争。

天才摆脱了习惯思维，看到了事物的本身。

我看不起崇高的思想家，而看重深刻的思想家。思想的深刻比崇高更难。

每个年龄段都有它最好的生活方式，可过了这个年龄段人们才知道这种生活方式。

梦幻者被当作是没有生命的人，可他只是茫然若失而已。他浓缩生命，生活在内心，什么都不流露在外。

嘲笑是旧习惯反对新事物的不正当武器。

做母亲是一种狂喜，做父亲是一种尊严。

想要的东西，人们会去创造；期盼的东西，人们等它来临；渴望的东西，人们喜欢它，但既不会去要也不会去盼。

◆◆◆◆

传统教育有此弊端：它让一种僵化而习惯的观察世界的方式世代相传。我们只能通过别人一本正经地架上我们鼻梁上的眼镜去观察世界，而我们本应做出巨大的努力，通过我们的智慧本身的目光，用肉眼去看待事物。结果，大家都人云亦云地谈论上帝，战争引不起我们的厌恶，热衷于撒谎，由此造成社会由一个盲目的将军来支撑的局面。对于一切不同于精密科学的东西，老师应该只用很抽象的方法来发展学生的智力，让学生强大而自由的能力能适应道德秩序的考验。但要承认，这种教育是不可能实现的。

我们只知道已经发现的东西。好好施教，就是让人去发现。让人产生兴趣，就是激起好奇心，并且满足它；就是让好奇心产生希望。

纪律是领导群众的艺术，是把一种想象的力量强加给他们，使他们误会自己的力量。这实际上是精神对物质的一种优势。

力量是我们满足所需的工具，这就是它的用途；是保护人的神盾，这就是它的美之所在。

力量本身不能在灵魂之间建立任何联系，因此也不能建立任何道德秩序，即社会平衡。

人永远不会憎恨自己，所以有道德的人才有权愤世嫉俗。有德行的人抱怨他人甚于憎恨他人。

对舆论的顾忌既是背叛道德，也是可耻地向邪恶献媚。虚伪有时是邪恶对舆论的顾忌。

道德在世界上不做别的，只是否认人的本性。

道德和享乐是死亡的两个姐妹：一个使你失去生活的乐趣，另一个使你厌恶生活。

热情无疑能使我们成大事，行动的冷漠则会使我们一事无成。我们的决心比行动更有价值。然而，道德存在于行为之中。热情要成为道德只缺少恒心，它是没有恒心的道德，是暂时的道德。

一个人，哪怕再邪恶，他身上也有一个道德可以占领的地方。找到这个地方的人很容易改邪归正。

一切有可能走极端的东西都是罪恶之源。道德可能会被误解，但不会过分。

力量强大的一个标志是既不拒绝道德，因为已经受过骗；也不拒绝幸福，因为正在受苦。

◆◆◆◆

半桶水的学者，其著作往往比真正的学者的著作难懂。

感觉只是愚昧时期的权宜之计，它在理智不能判断的地方用本能进行判断。随着深入事物的本质，感觉将失去其作用，让位于科学。

高明的演说家总能讨人喜欢，因为他总是投听众所好，掩饰自己的真实思想；而作家总是被一部分人爱而被另一部分人恨。唯有崇高能征服所有的人。

愤世嫉俗的作家是多么虚荣和虚伪！他们发表作品，把自己痛恨和蔑视的那些人变为自己的法官和信徒。

写作的困难可以给风雅者的文笔增添许多独特之处。可恰恰相反，许多人轻轻松松地写作。

人们常常觉得奇怪，甚至某些十分博学的人都感到难以表达自己的思想。这也许是语言的过错。人的思想总那么深刻，可语言却不总是那么清晰。

我不明白，为什么允许在一页纸上两次出现同一思想，却害怕在这页纸上重复两次同样的语句。其中有艺术方面的原因，哪种呢？

批评家不应该说："这是一本坏书。"而应该说："我觉得这是一本坏书。"这样，作者很快就会感到宽慰了。

由于语言生动，人们向某些演说家让步了，但心中清楚地感觉到自己在受骗。

真正的雄辩是带有激情的逻辑思维。

对那些并不以为自己是天才、但有文学趣味的人来说，文学抱负是一种痛苦。他们认识美，却不能创造美，因此感到失望。

书的命运十分奇特。一本书可能是一个严肃的人写的，也可以是肤浅的人或是笨蛋写的；它可能由笨蛋来评判，也可能由肤浅的人或严肃的人来评判。把这些不同的特性双双结合起来，你就会发现，要出名，机遇是多么重要。

在文学中，如果能做到真实，那就已经够独特的了。真正独特的东西不是别的，而是完全真实地记录心中所想。真实的东西始终如一，唯有心灵是独特的。文学的独特性可以用几个字来定义：丰富多变的人心所激活的不变的真实。

写作是由于文学激情，出版却是因为虚荣。那些声称出版是为了有益于社会的人纯粹是在说笑。我觉得自以为有用和自以为了不起同样愚蠢可笑。

很难说是否应该根据作者的行为而不是根据作品来判断人，因为假如品行存在于行为当中，那渴望就存在于作品当中。美好而不幸的灵魂会陷入泥潭，多少人生活肮脏可思想美好！我们的作品会绕开使人堕落的不幸，照我们想做和应做的去描写我们自己。

大部分幼稚的作品充满陈旧的观点；在有思想的作品中，所谓的才能不过是熟练而已。可心灵一旦进入角色，新手立刻就成了行家，因为他离本质更近。

人们不读序言，作者写了前言，又写了"致读者"，全都是白辛苦。很奇怪，人们宁愿知道作者说什么，而不想知道作者想说什么。帕斯卡尔断言，同样的话由不同的人说，意思也会随之改变。所以，在读书之前研究一下作者的思想是很重要的。

在真正的戏剧中，剧情应该有一个令人高兴或不幸的结局。因此，遇到有悲剧性质的情景时，应该使其成为喜剧。要做到这一点，观众事先必须知道或猜到剧情，免得为角色担忧。我们应该是独立的，跳出喜剧，以便能找到这种感觉。在悲剧中则恰恰相反，可以这样说，观众的灵魂应该取代角色的灵魂，以感受其所有的激情。这是心灵在不同体裁的剧情中应该参与的程度。

语言无法把所有的思想都表达出来。我说出几个词，它们代表某些意思，可我讲话时的感情如何？忧愁或快乐的微妙变化很难说出来，而这些微妙、深刻的感情却是思想所点缀的画布，它们犹如光明与黑暗组成了这块画布。这就是为什么写作应该不同于说话的原因，因为写作甚至没有动作和语气这样的资源，而这种资源用来表达感情都早已不够。结果，由于不能模仿心灵，书面语言需要人为的活动来补充。笔头的这种激情，其秘密就叫作风格，由此产生了一些没有激情但十分机灵的人，他们专门制造让人流泪的小说。

如何才能简洁？一个原则：在两个词当中选择最短的。

对于熟练掌握某种语言的人来说，用词准确指的是真实；用怪异的词汇来夸大思想的实际价值，这种倾向是最不好的，这就是虚假造成的词义失当。

批评是很难忍受的，然而，人们往往对会受到批评的地方有预感。我们的作品就像是我们带去看医生的病人，自以为它是健康的，或想对医生隐瞒病情，这就太不好了。

当你对你的批评家了解到总能预见他要批评什么时，应该马上抛弃他。再说，为什么要把预先知道他会反对的东西交给他呢？

我们的批评家不应该与我们本人有别，而应该是一个更好的我们。有区别，我们就会不由自主地否认他，不会重视他的判断；"更好"，他就会完善我们，而不是毁灭我们。

一个顾问，如果他致力于把现存的东西还给我们，而不是发展我们身上固有的东西，他就会毁了我们。

◆◆◆◆

诗是内心翻腾时发出的叹息。

诗是被心灵谱成乐曲的宇宙。

同时是诗人和哲学家的人太不幸了,他最甜蜜的幻想变成了痛苦的思考;它审视事物的两面,为他所爱之物的死亡而悲泣。那些只是哲学家的人也很值得同情,因为他们要耗费心血才能成为哲学家——而心是快乐的源泉!不过,诗人是幸福的,假如幻想不是最大的痛苦。最后只剩下这些令人难以理解的生灵,其冷漠令人生厌。"上帝""死亡""广阔""永恒的时间",这是他们的常用词。他们无疑是幸福的,可与畜生没有什么两样。这种幸福让人怜悯。我宁要其他人高贵的不幸,也不要他们的无忧无虑。

当一个人无缘无故地问你:"您写诗吗?"如果你反问他是否也写诗,他会感到很高兴。

一个能焚毁自己作品的诗人,他所说的话是可信的。

在沉思的过程中,我有时会突然忘记所思考的主题,觉得自己刚打了一次大败仗,因此感到十分痛苦。我从中得出结论:思考是一种持续的快感,它是那么甜蜜,以至于结束时比活动时感觉更加明显。

诗人为诗而写,正如地质学家为地质学而写一样。写诗如同科学研究,也必须接受训练。那些没有经过熏陶,培养自己趣味的人,其批评是没有影响的。

拉封丹是个真正的哲学家,其一切目的和努力都在于进行人性教育吗?我不这么认为。我把他当作是一个极其敏感的诗人,热爱诗歌本身,既无恶意,也无善念。他采用了一种适合其思想的体裁,并依照他心中缪斯的启示,自由扩展这种体裁。我觉得他在每个寓言的最后都写了两行道德教谕，因为任何寓言都要有道德教谕。这并不是因为他写的时候没有经过深思熟虑，但我觉得他更关心人的行为和短处，而不是从中能得出什么教训。为什么他的道德教谕那么缺少高大上的东西？为什么他热衷于日常生活中庸俗的甚至可以说是异端的箴言？因为我们未曾见过人们像引用大思想家的箴言那样引用他的格言。我不想将其归结为缺乏智慧的缘故，因为他既不是怀疑论者，也不是渎神者，正如他在生命的最后几年所证明的那样。我认为，可能有两个原因造成了这种疏忽。也许他没有意识到自己身上诗人的细胞比道德细胞多；他没能同时追求两种荣誉，或者他明白，为了保持简单朴实的形式，寓言这种体裁摒弃了哲学家有点学究气的严肃？不管他的道德教谕如何，反正没有人能比他更好地把诗歌所有的弦都集中在竖琴上。你想受感动吗？读读《两只鸽子》及他有关友谊的诗句，你会从《山谷美女》和《费莱芒和博西丝》中认出其作者。你想感受勇敢激烈的雄辩所引起的激情吗？那就读读《多瑙河农民》。假如你想证明他是个写故事的优秀作者，请随便翻开他书中的任何一页。最后，要是什么都不能让你感兴趣，哪怕他所有的这些优点，那就重读他的《橡树与芦苇》吧！

完美的诗艺在于根据节奏的需要使用词汇，以表达人们心中所想。蹩脚的诗人在词汇上构筑思想，真正的诗人使词汇服从于思想。

诗往往只是思想与词汇相配合的艺术。

可疑的东西是不好的，至少在诗中是这样，因为疑惑与美水火不容。心正要被陶醉时，却冒出一个有待解决的问题，让人扫兴。我们觉得可疑的东西别人也会觉得可疑。

诗人绝不会太倒霉，除非自己懒。

在文学体裁中，犹如人们至今所认为的那样，悲剧是最为迷人的，因为它在表现个性与风俗的同时，不断使人们专注于自己；对作家来说，悲剧也是最棘手的，因为悲剧的技巧由于上述原因而变得更为普通，一点点差错就会被众人发觉。然而，悲剧不是最重要的体裁，因为它使人们只对自己感兴趣。一切文学体裁都不过是诗歌的分支。自雨果以降，诗以一切为对象，只要能打动人。诗人的作用是借形式予任何东西，然后给这种形式以生命，给这种生命以激情。

◆◆◆◆

一个真正的艺术家，当他的教育和经验到达某种程度时，他会十分清楚地知道自己的作品中有什么东西是无可辩驳的。但愿他能顽强地坚持住，不需要听从别人的意见，不惧怕批评。

真正的雕塑家能使驼背者的胸像成为杰作。

优美之于形式如同智慧之于美。

通常，优美存在于运动之中而不是存在于形式之中。

在爱情的真正语言中，只有一个主题，那就是被爱的对象；只有一个修饰语，那就是被爱者的美。所以，音乐是心灵真正的、足以表达思想的语言。我们凭理智感觉到，在诗歌中，给人印象深刻的是句子的运动，而不是词汇。

音乐是最高级的默启者，它反映了心灵和自称是"上天"的那种崇高物体之间直接、"无缝的"联系。

小说不能没有产生激情的背景，所以要创造情景。

音乐取消了情景，直奔情感。所以，它只要不把杂物掺入心灵，便将获得任何别的艺术都达不到的强烈印象。

在小说中，如同在生活中一样，事件只有经过判断它的大脑，才能打动人心。音乐取消了情节和思维，以直接震撼心灵。在心理学家看来，这是一种神奇的现象。感觉和感情之间，有一种十分紧密的联系，二者互相启发。而且，这一观点也适用于造型艺术。说到底，这是美学的问题。

渴望，就是希望，或者更清楚地说，谁渴望，谁就在希望。人们不会渴望明知得不到的东西。

希望会使最悲惨的生活变得有价值。在这种情况下，怎么会在艳阳天失去一切希望？希望的威力有多大啊！没有希望，自杀者将不计其数。

希望带有所希望之物的滋味。

如果相信上天，心将预先尝到上天的味道。

希望是对所渴望的幸福的一种预测。

安慰想象中的痛苦，那是白费劲。安慰属于心灵，痛苦属于大脑。

要真正医治哀伤，只能逆事因反道行之。假如母亲失去了女儿，她是无法安慰的，因为谁也不能把女儿还给她。有些痛苦是无法排遣的，人们所能做的一切，是宽慰他的内心。唯有肉体的痛苦能用间接的治疗来消除。

某些痛苦的时刻，安慰只能让人恼怒。

安慰是擦去心中痛苦的感情，而不是消除痛苦的根源。安慰别人似乎不能他丢了钱就给他钱，而只能教他蔑视钱财。应该把安慰和开心区分开来。忘掉痛苦那不叫安慰。确切意义上的安慰，应该从造成不幸的事件中寻找根源，然后公开、直接地求助于它。所以说，安慰的角色是很难扮演的，安慰不仅应该使人忘却痛苦的事情，消除使人恼怒的影响，而且要用高明的手段改变心中的印象，或者用禁欲的方式来宽慰心灵，或让它在同一事情或其他事情上得到补偿。时间也能安慰人，但用的是完全不同的方式，准确地说，它是在改变我们。时间的安慰是用新的激情来麻痹记忆。我们不应该谴责心灵，它与记忆并非紧密相连。

◆◆◆◆

假如只知道该用什么方式去死，那还仅仅是想到死。神奇的是，在这一点上，怀疑会使我们安静下来，而在别的任何方面，它都会让我们的内心深受煎熬。人们不怕死亡，有可能是因为时间是由一系列无限短暂的时刻组成的。人们确信，在这些时刻当中，自己是活着的。

人不该去思考死亡，因为你无法把自己的思想集中在这个问题上。思想最深刻的哲学家也不会去探究自己的印象，这种印象强烈得使哲学家抛去了虚荣，不愿谈论它。

死亡面前人人平等。为什么知道这一点很让人欣慰？

如果某种痛苦是普遍性的，它会让人感到好受些吗？是的，普遍性的东西是本质的东西，因而不会是一种痛苦。

所有的人都会死，这样说是符合死亡的客观规律的。因为死亡对我们来说是一种好处，这种好处在于它让命运和本质保持了一致。

哲学家和布道者徒劳无功，他们最精彩的演说也无法让人真的害怕死亡。人们只害怕目前和可见的死亡。只有死亡本身的威胁才能使人们感到恐惧。

生，就是死亡。神圣的睡眠就来自这个吻。

只要我们还活着，死亡就是哲学家的思辨。现在，洞挖好了，应该下去了：可底下究竟有些什么东西呢？

◆◆◆◆

直觉一出现，就被道德观贴上了标签。

我不知道我的灵魂会有什么命运，但我清楚地知道什么是这种命运的反面。痛苦只管避免就是了，不去寻找它自会出现。可什么才是真正良好的行为呢？行善就是。不过，方式多得是！

当恶进入了道德范围，它就失去了其可耻和不光彩的特征。意识只感觉到一种几乎难以察觉、它对此已经习惯的苦恼。这就是为什么只有少数人能够正确地对道德进行研究的原因。放荡者装出宽恕的样子，这对他们来说很容易，因为在道德领域，宽恕或宽容离放荡比离美德更近。

要避开仅有魅力而无他物的东西。

人越感到自由便越渴望得到更多的自由。

有的人手脚灵活，有的人大脑敏捷，这是同一种优点的两种不同表现。然而我们往往重视前者而忽视后者。灵魂似乎天生崇敬自己所拥有的品质，并给这种品质以物质无法给予的优点，这说到底是不公平的。可这种优点是自由造成的，而灵魂是自由的，这种美德影响它所有的品质，如同伟人的名字光宗耀祖一样。整个灵魂由于意志而显得高贵，正如全家因家长而至尊一样。

◆ ◆ ◆ ◆

假如人们一直相信，人是不自由的，那么，他们会把自由看作是最美好的发现。

最博学的人不是那些知道真理最多的人，而是知道真理最清楚的人。

怀疑论是行不通的，因为怀疑至少得有一种观点，即认为什么都不肯定，所有的观点都建立在他所认为的真实的基础上。

找到真理是确认事实，而使用真理却是创造。哲学使我们更接近道德而不是接近上帝，道理就在这里。

深刻的思想是一种要让人猜测其原则的结论；人们很少能懂它，仅仅是因为人们很少知道真理的原则。

在哲学中，应该经常长时间地思考，以得出看起来天真的结论。

上帝，就是我不能理解的人或物。

因为感情无法解释，所以敏感者在哲理性的讨论中总处于劣势。

我们以为活着，可事实上我们只是为了不死而工作着。哲学著作读得越多，越觉得日常行为的荒谬。

在一个超验的问题上做出支持或反对的决策，常常会依赖于某个大哲学家的权威，对傻瓜们来说这是很让人欣慰的事。

同样一段时间对某些人来说很长，对另一些人来说却很短，它到底有多长呢？

帕斯卡尔和那么多别的人都死于他们巨大的天才！老天多么轻蔑他的作品啊！必然的法则傲慢地吞噬了自由活动最美好的果实，我指的是由于天才人物的意志而获得的知识。

哲学讨论有三要点：说、互相了解和达成一致（同意）。其中有三条准则常常被违反：一、清楚地知道自己说什么；二、互相倾听，做出判断；三、消除自尊心。

对我们来说，所有的幻想破灭以后，重新找到真理只需紧紧抓住生活。

在文学中，花比果实丰富；科学则恰恰相反。至于哲学，由于缺乏基础，收获十分可悲，它用无耻的反证来滋养它的世界。真正的哲学在于不上任何意见的当，甚至不上怀疑主义的当。

为什么笛卡尔不愿人们从各自身上得到"无限"这个概念呢？其实，正因为有界限，才能想象出没有界限的东西。人是能够从自己的本性中得出"无限"这个概念的，其证明之一，是他事实上只设想无限的存在，而不懂无限的范围。关于无限的这种不完美的智慧，足以证明他从自己本身得到了这个概念。

哲学家们似乎把精神当作是一个盛着某种才能的容器。根据公认的原则，容器应该比所盛之物大，这就意味着人们有限的认知能力不可能掌握无限。这是一种了不起的思想，可这种假设显然不再能够有力地进行推理。然而，无限超越于我们，这又是真的；我们不可能在头脑中形成这种概念。我相信，我们能用取消有限的界限来得到无限这个概念。

谈到上帝时，哲学家们常常使用"无限"这个词，尽管用得毫无必要。无限正确只不过是正确而已，因为你有什么法宝，能让无限正确的东西超过正确的东西呢？既然条件相同，必然也是同样的东西。那里没有任何程度上的区别，秤要么准要么不准，我不认为它会永远是准的或永远不准。

我把感觉当作是我们在哲学方面所犯错误的首要根源，哲学指的是我们的起源和命运。哪个哲学家起初不是试图用自然之光去追求真理，只在明确无疑的情况下才屈服于信仰？但是，不可能什么都不爱，什么都不欣赏；不可能摆脱眼睛和耳朵的所有成见。由于兴趣而不是理智，迟早会倾向于某一边。做出选择而不让心灵介入，这太难了！我们对自己的假设是多么满意，我们给它以多少实例，尽管矛盾显而易见！可以说，我们是强迫别人入内。我们由此而麻木不仁地错过了通往真理的唯一小道，毫无目的地游荡、迷途。

神甫说他相信有人不信，怀疑论者说他怀疑有人不怀疑。他们同样都否认明显的事实，即精神的必然现象。

怀疑论一被驳倒，人能够认识真理的某些方面，能够认识公认原则的观点就无可置疑了。假如人们只把发现公认的原则的能力叫作理性，谁都会承认它是可靠的。但是，我们仍然应该把推理行为叫作理性，仍然应该承认成功的归纳和演绎也通向真理。所以，理性，即通过公认的原则认识真理和用推理追求真理的能力，基本上是不会错的。人就神在这儿。可人们似乎忘了，这是争论不休的原因，如此审视自身的理性，即由灵魂的其他因素构成的抽象概念，被当作是一种独立的能力，只隶属于自己，不受任何影响。然而，这又错了。感觉会对知性产生影响，正是它造成了仓促以及为了假设而歪曲真相的必然倾向，造成了无数搅乱和歪曲理智、使理智迷途的激情。因此，假如你把我所确定的、符合最后这些犯错条件的因素叫作理性的话，别再说理性是不会错的了，而要承认人们没有正确地使用一件完美的工具。

人的观念是有局限的，然而人又知道无限是存在的；人的工作充满错误，可他又知道理性本身是不会错的。多么悲惨！

我们应该把促使我们行动的一切叫作本能的冲动。其实，我们的行为动机是责任，是权利，是需要，是利益，是激情。理性会认真思考，可动机肯定也就是说自然会引起争论。我没有给自己创造需要、兴趣、优点和缺点，一切都来自本性；可我可以跟它的影响做斗争，是本性促使我去报仇而又不让我报仇。它没对我说我应该一直跟着它。所以，按照本能去生活是不可能的。

人们在谈话中动不动就使用"偶然"这个词，探究一下它的准确含义并非无益。当一件事的起因不符合主观意愿时，我们就说它是偶然的结果。但意愿必然是其首要原因，因为任何事情都是大脑决定的结果。两个人自由地从家里走出来，不期而遇，这一相遇可能造成了震惊世界的灾难。人们说这是机会或偶然造成的，这是真的，但同时也很让人不安，因为我们从中看到了一种奇特的不幸。人是自由的，然而发生了许多只能责怪自己的事情。关于偶然，人们往往对它有一种错误的认识，错在给它以一种现实的存在，甚至还神化它。偶然的出现必须先有自由的活动。没有人类的活动，偶然也不复存在。这种密切关系至少必须有两个先决条件，所以偶然不可能是神。这种观点与无神论是完全对立的。

假如人们对斯宾诺莎①说，就像三角形三只角的总和肯定等于两只直角一样，他的体系必然出自他的大脑，他会怎么想？他不会推说头疼吧？

如果上帝像人们通常所认为的那么好，那在时间的长河里就不应该有一刹那可能让人不幸的时刻；由上天来补偿痛苦的说法是荒谬的，假设善良是无限的，那就任何时候都需要上天。可痛苦的时刻又怎么解释呢？

灵魂是广阔的、神奇的，想象力、记忆力、智力和意志活动以及感觉方面都离不开它；习惯与不知是怎样的想法，使我们对这笔财产无动于衷，不去掂量它，享受它。

哲学不在于相信而在于相信而不受骗。可谁知道是不是相信而不受骗上当呢？因为信仰本身使我们看不见犯错误的可能性。在这一点上怀疑论者胜利了，他们既不上自己的当，也不上别人的当。我在真正的怀疑主义者身上发现了真正的伟大之处，从中看到了尊严对虚荣的崇高抗议；某些高于理性本身的东西（它是那么高），抵抗着理性的命令，似乎对它说："你可能犯错，我不会跟你走的。"这种自我捍卫，抵制粗鲁、任性的确信的东西，就是人的本质，人的本体。这种否定肯定了它，并把它放在强于所有理性的现实当中。我觉得这个一流的天才，就是心灵。

世界像一个以自我为中心旋转的圆圈，不知道哪是转动的开始。

---

① 巴鲁赫·斯宾诺莎（1632—1677），西方近代哲学史重要的理性主义者，与笛卡尔和莱布尼茨齐名，主要著作有《笛卡尔哲学原理》《神学政治论》《伦理学》《知性改进论》等。

一种完美的结合使所有的活动都互为主次，谁都在发号施令，谁又都在退让服从。可是纵观整个体系，人们又完全肯定它是在运动，只有一件事是未知的，那就是发动机的位置，它在这儿，在那儿，在任何地方。可这有什么要紧？有个发动机，有个自由的生命，这才是主要的。这个生命是完整的还是部分的，这又有什么关系？那只是个大小问题，而不是本质问题。

有两件事让人泄气：一是因为感到（不管对错）自己实在无力完成这个任务而放弃它；二是因为没有得到报酬而放弃这个任务。我觉得生命不值得人们去体验，可假如幸福处于生命的尽头，我还是会勇敢地生活下去。何必呢？这差不多是我实用哲学的概述。我晕船，我被扔到了水中。

内疚难道不就是悔恨为罪恶而牺牲了自由吗？

似乎被偶然地抛在世界的某个角落，我扪心自问来世上做什么。我出生时，有个社会，有个祖国把我拥进怀抱，好歹维持我的生计，只要我将来为它工作或给它钱。没有人问我："你愿意加入我们的行列吗？"他们强迫我服从他们的法则，我根本没有被邀请而是被迫的。所有这些义务是正义的还是非正义的？我在这个世界上是否走了一条正常的道路？如果不是的话，我又应该走哪条路？这就是我准备考虑的重大问题。当然，我的命运取决于我的造物主本性的好坏，首先必须研究的正是这种本性。我承认，它给人们揭开了某些原则，即公理。这是件好事。

除了永恒，没有什么东西是伟大的，当我们衡量人和其他东西时，我们只在渺小东西之间做比较。然而，只要永远与虚无区分开来，就没有任何东西是渺小的。

面对无限的空间，我所产生的恐惧是实在的，非常实在，其中有些可怕的东西，那些可怕的东西十分疯狂。怀疑它还是相信它？

人类的不幸是热爱真理而又被迫等待真理。

假如，人们能想到，在哲学著作中的每一页至少都能找到一种思想，那么，他会更加重视书。

当心灵得到满足时，灵魂会平静下来。所以，任何信仰都是好的，不管是真是假，至少得有一种信仰。

在我们身上，正义与非正义的区别远远没有真假之间的区别那样清楚。

假如真理只有一个，假如理智永远不会欺骗我们，那么人们的意见就没有任何理由五花八门，除非感情影响他们观察问题的方式。所以，让我们努力清除意识中的私利和偏见，使它能够接近真理。

人们根据自己的观点正确地推理，结果弄错了，这完全有可能。因为人不是什么都能看得到的。事实上，由于盲目地修改了原则，在原则错了的情况下，结论可以合理地推断出来。所以人可能在推理正确的情况下犯错。

我们的不幸之一，是设想不了空间以外的东西，所以不知道把思想安放在什么地方。出现在空间中的任何实体都有它的范围。

人不可能知道一切，也不明白他能知道的东西有多大范围。有人说，人是由身体各器官维持的智慧。可我就不能说人是被躯体连累的灵魂吗？

痛苦有一些方式能让人重视它的存在，这些方式让所有的哲学都束手无策。

人凭思想活着，可人们总是胡思乱想。

没有爱的过度享乐，比哲学更能使人蔑视生活。

你将这样死去。曾把你造得如此美丽的造物主肯定能再造一个你吗？

不幸的是，人们总觉得有必要向上帝祈祷；幸运的是，人们从未感到有必要向上帝致谢。

假如人们把祈祷理解成请求上帝为我们而改变世界的秩序，那就荒谬透顶了；可假如祈祷只是一种高雅的举动，局限于用思想和心灵寻找在我们所处的情况下，秩序该如何实现，那它就值得称赞。这样的它，是智慧与律法的主动融合。

两种或数种元素互为需要和需求，它们互相寻找，只有这种不安的寻找和需要它们才能活跃。然后，它们相遇、相撞，不再活动。

由于感情跟感觉一样，在打动内心世界的同时，可能会带来某些真理，所以应该永远把手放在胸口上思索。

玄思是个既带思辨色彩又带情感色彩的东西。

人只能认识代代相传的东西。在生命的长河中，每个人的本性都包含先人的本性，他只能认识他们。

问自己"我活着吗"的人将被当作疯子，问自己"我存在吗"的人叫作哲学家。这是因为第一个问题违反常理，第二个问题甚至没有触及常理。常理是很低调的，玄思一来，它就靠边站了。玄思有点滥用常理。

在哲学中，如同在所有不完全靠推论或实验的科学中一样，永远要警惕仅仅由于不知道怀疑的理由而做出肯定。

人一只脚踩着大地，另一只脚摸索着寻找处于无限中的高梯，这就是所谓的"渴望"。

聪明人所采取的一切措施都是为了发现联系，所谓的才能就是能预感到遥远的联系。

哲学家之间完全不能互相理解，可他们比他们所以为的更难互相沟通。由于语言的贫乏，同样的词有各种不同的含义；然而，他们以为用同样的词已经互相交换了同样的思想，所以人们既不能取消哲学，也不能使哲学进步，因为人们希望适应这些原则，而原则在表面一致的表达方式下又总是五花八门。

语言中有许多词能指某些本质仍深不为人知的事物，这难道不奇怪吗？人们说，这很好，这很美，他们知道自己在说什么，而哲学家却不知道。"善""美"这些词可以创造出来，它们是约定的符号，但它们所表示的东西却不是。那什么科学拥有众人呢？众人根本就没有科学，他们只有感觉；取消了感觉，他们眼中就没有"善"也没有"美"了。

感觉与服从，这是普通人的全部生活；推理是其智力的必然活动，但他不知道推理，也不去寻找推理的法则。"这是因为……所以……"对他来说，尽管没有进行过思考，"所以"这个词的意思还是很清楚的。要解释这个众口皆说的词，得有亚里士多德的才能。别把"专心"和"思考"混淆了，普通人能够专心，但不能思考；数学家和学者会十分认真且有效地进行推理，但可能没有思考过，不会被看作爱说理的人，因为思考的真正含义，是思想回归自己的作用。如此理解的思考不是生活的条件，也不是科学、工业和艺术进步的条件。思考是一种强烈的状态，一种超自然的、几乎永远没有结果的努力。科学的任务是观察隐秘的现象，并把这种现象揭示出来，而不是进行分析。思考超过了这个任务。当人们把用在外在世界的注意力转向自己的本质时，他是在思考。可他在进行一项他的条件不要求他这样做的研究，因为这样的研究无助于改善地球上如此富有斗争性、如此积极的生活。因此，可以相信（经验十分清楚地证明了这种说法），本质给人以某些才能，这些才能的正常使用毫不取决于他能从才能的构成及其规则中得到的知识，人不完全是自己所以为的那样。给这源起的植物以它生长的意识和快乐，并通过一种本能的运动使它们合作，你将得到动物；给这一动物以包含语言能力的社会本能以及某些需要（满足它们需要有更多的选择），你将得到人。

授奖词

瑞典学院常务秘书

C.D.AF. 维尔逊[1]

陛下、阁下、女士们、先生们：

当阿尔弗雷德·诺贝尔决定捐赠巨款（这理所当然引起了巨大的轰动）时，他毕生所从事的工作性质使他首先优待自然研究，奖励某些科学领域内的发明创造。同样，他全球型的视野使他成了爱好和平与博爱的人民的朋友。但是，在遗嘱规定中，他也给了文学一个位置，虽然他把文学安排在他感到最诱人的科学之后。文学感谢他，因为那些在文学领域耕耘的人也成了他关心的对象，如果说文学最后才进入瑞典颁奖小组，难道不是出于这如此正确的想法：文明这朵崇高的鲜花（也许是最美的，尽管也是最娇嫩的），只能开放在现实这块从此以后变得很坚实的土地上？

无论如何，在这现代的百花诗赛中，获奖者将得到在物质价值上超过古代黄金桂冠的奖赏。

诺贝尔文学奖的颁发遇到了一些性质十分特殊的困难。

"文学"这个概念的范围很广，诺贝尔基金会的章程正确地规定，

---

[1] C.D.AF. 维尔逊（Carl David af Wirsén, 1842—1912），瑞典诗人，文学评论家，瑞典学院常务秘书（1884—1912）。

参赛不仅应包括纯文学，还应包括那些在形式和内容上都具有文学价值的作品。可这样一来，范围扩大了，困难不断增加。如果说决定该奖是否（假设被提名的作者旗鼓相当）应颁发给抒情诗人、史诗诗人或戏剧诗人已显得困难重重的话，要是这种比较在杰出的历史学家、大哲学家或天才诗人之间进行，那么工作会更加复杂。量值是无公度的，正如数学家所说。然而，想到这个奖是每年颁发一次，不止一个该获奖而又不得不让给另一个同样伟大的同行的作家下一年也许可以获得他应得到的奖赏，人们心中又略觉安慰。

瑞典科学院收到了许多有关文学奖的优秀建议，并对这些建议进行了极为认真的研究，在具有国际声誉、文学价值几乎相当的众多名字的选择中，它停在了一个从各方面来看它都觉得这回该被选中的名字上。它把首届诺贝尔文学奖颁发给了法兰西学士院的诗人和思想家苏利·普吕多姆。

苏利·普吕多姆生于1839年3月16日。1865年，他在《诗歌集》中一下子就显露出自己非凡的才华；继这本集子之后，他又写了许多别的诗篇、哲学或美学著作。如果说其他诗人的想象主要在外界打转，反映我们周围的生活和世界，苏利·普吕多姆则具有一种更倾向于内心的特点，它既敏感又微妙。他的诗很少出于自身的考虑去追求外在的形象和情景，而是把注意力主要放在这些外在因素如何能够作为诗歌沉思的镜子这一点上。他那世界上没有任何东西能够消灭的精神之爱、怀疑和不安就是他形式完美、用词简洁、富有雕塑美的作品常见的主题。他的诗没有斑斓的色彩，如果说它旋律优美，那只是个例外；它的造型美在形式适合于表达情感和思想的创作中表现得更充分。他高贵、深思、偏于忧愁的灵魂在这温柔但又不陷入多愁善感的诗中忏悔,这痛苦的分析唤起了读者一种忧郁的同情。迷人优美的诗句和娴熟的技巧,使苏利·普吕多姆成了当代最伟大的诗人之一,他这样的诗是价值永恒的瑰宝。特别引起瑞典科学院注意的,并不是他的训谕诗和抽象诗,而是他那些极少铺陈、感情丰富、思想深刻的抒情作品,那些作品凭借其高贵和神圣的精神,极为罕见地把精密的思考和丰富的心灵结合起来,散出迷人的魅力。

最后,还应该再强调一点。苏利·普吕多姆的作品体现了一种探寻和观察精神,诗人在过去的岁月里一直没有停止寻求。由于觉得要认识世界之外是不可能的,所以他在精神领域,在意识的声音中,在责任崇高而无法拒绝的要求中,证明了人类的归宿是极其了不起的。在这一点上,苏利·普吕多姆比大多数候选者更好地体现了立嘱人称之为文学中的理想主义的东西。因此,科学院相信,它第一次颁发这个奖时,在众多著名的文学家当中选择苏利·普吕多姆,是符合遗嘱的精神的。

由于得奖者已宣布接受这份荣誉,而今天又因病不能来到我们当中,我荣幸地请法国的公使先生接受这份奖金,并以瑞典科学院的名义转交给他。

普吕多姆获奖记

[瑞典] G. 阿尔斯特洛姆

经过无数次犹豫、争论、踌躇和种种不公开的忧虑，1901年，瑞典科学院把首届诺贝尔文学奖授给了法兰西学士院院士苏利·普吕多姆，勒内·阿尔芒·弗朗索瓦·普吕多姆。这项决定是在1901年12月10日颁发首届诺贝尔全部奖时在斯德哥尔摩公布于世的。瑞典有家颇有影响的日报这样评论选举结果："就这样，没有选中托尔斯泰[1]，没有选中易卜生[2]，没有选中比昂松[3]，没有选中蒙森[4]，没有选中史温本[5]，没有选中左拉[6]，没有选中阿纳托尔·法朗士[7]，没有选中卡尔杜齐[8]，没有选中米斯特拉尔[9]，没有选中霍普特曼[10]，也没有选中埃切加赖[11]——人们选中了苏利·普吕多姆。不过，我们该

---

[1] 托尔斯泰(1828—1910)，俄国大文豪，《复活》《战争与和平》和《安娜·卡列尼娜》的作者。
[2] 易卜生(1828—1906)，挪威剧作家，以写社会哲理剧著名。代表作有《玩偶之家》《社会支柱》和《人民公敌》。
[3] 比昂松(1832—1910)，挪威著名作家，1903年获诺贝尔文学奖。
[4] 蒙森(1817—1903)，德国历史学家，1902年获诺贝尔文学奖，主要著作是《罗马史》。
[5] 史温本(1837—1909)，英国唯美主义诗人，主要作品有《诗歌与谣曲》等。
[6] 左拉(1840—1902)，法国自然主义作家，代表作是《卢贡·马卡尔家族》。
[7] 法朗士(1844—1924)，法国作家，1921年获诺贝尔文学奖。
[8] 卡尔杜齐(1835—1907)，意大利诗人，1906年获诺贝尔文学奖。
[9] 米斯特拉尔(1830—1914)，法国普罗旺斯诗人，1904年获诺贝尔文学奖。代表作有《米洛依》《金岛》。
[10] 霍普特曼(1862—1946)，德国作家，1912年获诺贝尔文学奖。
[11] 埃切加赖(1832—1916)，西班牙剧作家，1904年获诺贝尔文学奖。

满意了,弗朗索瓦·科贝①没有入选:以他那种无伤大雅的多愁善感,他会被目前的瑞典文学院看中的。"

这段带有贬义、最后含沙射影的评论,其背后掩盖着一系列争吵。它勾勒出颁奖国的内情,也在一定程度上反映了得奖国本身的文学状况。既然法国似乎已被选定得奖,后代文学家会问,为什么爱弥尔·左拉或阿纳托尔·法朗士没有得到这众人纷争的荣誉?然而,文学批评界的语言却与当时官方人物所使用的语言不同。诺贝尔奖是一株显赫的植物,科学院的沃土使其贫血。它包围在严肃的思想当中,啜饮知识,官方的理想使其繁茂。多年来,"理想的"这个棘手的字眼在有关领奖的讨论中,确实起到了巨大的作用,左右着得奖候选人的选择。

阿尔弗雷德·诺贝尔在遗言中除了设立医学、物理、化学与和平贡献奖外,给文学也留了一个奖,文学奖该由"科学院"颁发。这项使命被理解为此任已委托给瑞典科学院这个由瑞典太阳王古斯塔夫三世建立于1786年、部分参照法兰西学士院的可敬组织。起初,这项未料到的任务带来了一系列难以解决的困难。科学院被认为对瑞典语言文学负有重要的国民义务,而不应该在世界性的意识领域中充当角色。此外,科学院也面临着年轻文学的恶意评论。人们对这个可敬组织的权限提出了异议,它那传统的保守精神与易卜生、比昂松时代以奥古斯特·斯特林堡②的著作为中心发展起来的高度现实主义的文学是截然相对的。而且,人们习惯把科学院看作反动和蒙昧的堡垒。

然而,困难被一个个克服了,人们迅速采取措施,建设性地解决了这些难题。1900年,一个特别图书馆被建立起来,以追踪世界文学

---

① 科贝(1842—1908),法国诗人,法兰西学士院院士。
② 斯特林堡(1849—1912),瑞典著名作家,主要作品有《红房间》等。

的发展。科学院成员中成立了一个专门委员会,负责颁奖的准备工作。

委员会的关键人物是科学院的常务秘书 C.D.AF. 维尔逊博士。作为诗人,他宽容平和,信奉基督,宛如大使。作为现代文学批评家,他表现出坚忍的性格。在诺贝尔新委员会内部,他做了大量的行政工作,并迅速采取了实质性的措施。

根据诺贝尔奖的规定,候选人的所有材料必须由法兰西、西班牙、瑞典科学院院士和其他科学院人文部门的成员或类似科学院的其他机构、协会的成员以及讲授美学、文学或历史的大学教授提交给瑞典科学院。这些人组成了一个庞大的选举机构,应该按规定格式让他们知道自己极大的权限。鉴于这种考虑,人们起草印刷了用德、英、法三国文字精心编写的通报,热切地寄往了四面八方。推荐材料必须在 1901 年 2 月 1 日前寄达瑞典科学院。网已经撒向整个欧洲学术界。几个月过去了,人们在等待入网的鱼。

答复一个接一个来自不同的国家。人们在绝密的情况下对它们进行了研究,似乎没透一丝风。由于容易明白的原因,公众的好奇心十分强烈。这其实是因为一笔与文学生活的标准不大相符的奖金,"外国知识分子首次注视着斯德哥尔摩遥远的科学院",有个瑞典天才这样写道:"全世界的文人们都在焦急地等待,想知道情趣高雅的瑞典委员会将把金雨洒向哪个达那厄[①]般的缪斯。"

如今,许多年以后,当人们得以揭开藏在旧宗卷后面的秘密时,人们高兴地发现这宗卷是那么细致和公正。 这是一项世界性的调查,

---

① 达那厄,希腊神话中的人物。因神曾预言她的儿子将杀他的外祖父,国王把她幽禁在铜塔里。后来宙斯化作金雨与她幽会,她因此怀孕生下珀耳修斯。珀耳修斯长大后在一次掷铁饼时无意中把外祖父打死。

其形式史无前例。人们满意地看到在斯德哥尔摩被形容成"满是老古董的小科学院"显得完全胜任它那崇高而艰难的任务。回复通告的所有来函都被认真地登记下来,按照发函者的字母顺序分门别类,并加以复制,最后寄给所有科学院尤其是诺贝尔委员会的所有成员。除了好战的常务秘书外,还有一位十分著名的历史学家、一位致力于文学的罗马语教授、一位杰出的斯堪的纳维亚语文学家卡尔·斯努瓦斯基伯爵。斯努瓦斯基是瑞典传统的行吟诗人和唯一的优秀诗人艾沙依阿斯·泰纳的后裔,并与其同名。斯努瓦斯基现任斯德哥尔摩皇家图书馆馆长。

科学院桌上渐渐堆高的文件以其独特的方式勾勒出二十世纪初欧洲文学的典型图景。大不列颠这个总是小心谨慎的岛国在表格上留下了一片空白。没有任何建议,没有任何显赫的名字……波兰用华丽的辞藻推荐亨利克·显克维支[①],这个候选资格也得到了瑞典两位权威历史学家的巧妙支持。德国这个在吉尧姆二世猛烈推动下蒸蒸日上的帝国,在一份满纸夸张的文件中出了声。一位德累斯顿教授庄严地要求重视一个几乎闻所未闻的歌手,说他具有"卓越的抒情才能"。

此外,一个掌权组织还对一位杰出的文学史家做了批示,而这位真正的学识渊博者其大名如今只在古籍的旧书脊上才看得到。以老先生伊内那和 W. 克洛艾塔为首的罗曼语文献学家则把视线越过莱茵河和塞纳河,注意起一位普罗旺斯诗人弗雷德坦克·米斯特拉尔来。

面对这些散乱的、经常是好奇的行动,人们还是像往常那样,最相信来自法国的回答。这个国家长期以来习惯于凭借推荐介绍而获得

[①] 显克维支(1846—1916),波兰著名作家,对历史小说有杰出贡献。1905 年获诺贝尔文学奖,代表作是《十字军骑士》。

科学院荣誉。大马赛林·贝特洛无须多言推荐了爱弥尔·左拉：1900年被选入法兰西学士院的贝特洛利用自己学士院成员的优势推荐一位受自然科学和民主自由思想启发的作家。同样，爱德蒙·罗斯当也不需要长篇巨著：在《西哈诺·德·贝日拉克》和《爱格隆》的保证下，他得到了保尔·埃尔维厄的推荐。一切都表达得明了简洁。

许多词句和许多混乱的争论留给了另一个显然需要有力支持和可靠保证的候选人。在巴那斯地平线上方，出现了一个在外国和瑞典都很少有人知道的勒内·瓦莱里－拉多。他描写岳父的传记《巴士德一生》招致了一场表面共同协商的行动。由于他是欧仁·苏①和爱弥尔·勒古韦的侄孙，同时也是布洛兹《两个世界》杂志的第一个合作者，他谙熟文学的秘密和荣耀。他出现在诺贝尔奖候选人当中是因为震耳的铃声，这样假设绝没有错。他首先得到梅尔基奥尔·德·沃盖的推荐，然后，接连几天，由于欧内斯特·勒古韦、阿尔贝·旺达尔、加卜里尔·奥诺多、阿尔贝·索黑儿、苏利·普吕多姆和亨利·拉弗当神妙的赞同文章，斯德哥尔摩炸了锅。大家公认《巴士德一生》是理想主义意义上的一部最引人注目的文学著作。战场上的这个消息传到了巴黎，引起了推荐米斯特拉尔的保尔·梅耶所在的法兰西学士院的不满和示威，保尔·梅耶曾加上这样的旁注："沃盖推荐瓦莱里－拉多，这太过分了……"

这类插曲从根本上打乱了这个严肃的委员会的计划。不过，大学士院——巴黎的姐妹——采取了与其身份相符的方式抵消了这种反作用。它邀请文学名流签名，支持一位高尚优秀的候选人，一位第一流的学士院院士。1901年1月10日发的由加斯东·帕里斯、热拉德、

---

① 欧仁·苏（1804—1857），19世纪法国著名小说家，代表作是《巴黎的秘密》。

保尔·布盖、加斯东·布瓦歇、安德烈·多里埃、亨利·胡塞那、弗朗索瓦·科贝、鲁道夫·哈莱维、亨利·德·鲍尼埃、约瑟-玛丽娅·德·艾雷迪亚、儒勒·勒梅特、C.德·弗莱西内和爱弥尔·戴斯沙内尔签名的一份重要文件使苏利·普吕多姆进入了诺贝尔奖候选人的行列。这份文件以后应该还得到了爱弥尔·奥列维、科斯达·德·博莱加和爱弥尔·法盖的赞同。

这场半官方性质的大规模示威压倒了来自别的国家,如意大利、希腊、挪威甚至瑞典的散乱的选票。在瑞典,加斯东·帕里斯曾受到乌普萨拉大学一名赞赏他的同事的推荐。尽管发生了这些漫长的前奏,但选举并不困难,11月14日科学院在全会做出根本性的决定后,苏利·普吕多姆得到通知被授予诺贝尔奖,"感谢他直到最近几年还做出显著成就,特别是他的诗歌:那是高尚的理想、完美的艺术以及罕有的伟大心灵与智慧的结晶"。

11月19日,获奖者就结束了他寄自查特内隐居处的漂亮回答:"我感到一种十分自豪的兴奋,想到这如此崇高、许多我认为高于我的作家都在争夺的荣誉以及这荣誉给我的作品的所有奖赏都将属于我的祖国,我心里非常高兴。"由于这不单涉及荣誉和祖国,而且还涉及208950法郎80生丁,获奖者明智地附上了他在巴黎的银行地址。

公众还全然不知此事,在12月10日阿尔弗雷德·诺贝尔逝世周年纪念日正式颁奖之前,获奖者被要求严守秘密。这巨大的秘密使得报界在日期逼近时无法报道文学名人来到斯德哥尔摩的消息。

人们清楚地知道罗根教授下榻在大旅馆里,但他显然是为物理奖而来。只有熟悉内情的人知道文学的席位将会空着。其实,苏利·普吕多姆一开始就告知由于长期卧病，他不能前来领奖。这当然打乱了计划。要是他衣冠楚楚地出席，必将给仪式增添异彩。然而，人们做出了可嘉的努力，在一定程度上弥补了空白，临时推出了一头"狮子"。

在诺贝尔委员会的安排下，加斯东·帕里斯列入法国"思想家与诗人"丛书、评论苏利·普吕多姆的著作被译成外文，在颁发诺贝尔奖的同一天发行到瑞典的所有书店。于是，这个译本出现在斯德哥尔摩所有书店的书架上。

颁奖仪式在音乐院庆贺大厅举行，极尽古时滥用的豪华，繁花似锦，美丽的柱廊被装饰得光彩夺目，宫廷显赫、政府要员以及许多佩带勋章的权贵都参加了。

随后的宴会中，也是在那儿，人们自由发表典雅的演说，竟上升到赞美酒神的高度，甚至用拉丁诗完全即兴吟出了"首届诺贝尔奖纪念"。

当时，人们生活在一个句子长乱、辞藻华丽、语义丰富难懂而又迷人的时代。颁发给苏利·普吕多姆的奖金由法国公使马尔尚先生以普吕多姆和法国的名义领取。马尔尚先生"衣着简朴随便"，新闻媒介这样写道："黑制服上甚至没有勋章和"绶带"，与瑞典音乐院光彩夺目的大厅形成了鲜明的对比。"

可平静的苏利·普吕多姆本人在他法国的隐居处又怎么想呢？几天以后，当《费加罗报》的一名记者采访他时，他微笑地讲述了面对这自天而降的巨奖所产生的惊讶之情。这个奖一下子给他带来了至少四倍于他35年来诗歌总酬的一笔巨款。"我想起了我年轻的同事，他们无法出版他们的首批诗歌。我想给他们留一笔款，使他们得以出版他们的处女作。我已经得到许多请求，要全满足它们将花去我所有的奖金。"

苏利·普吕多姆并不是唯一感到惊奇的人。在引起特别反响的瑞典其惊讶程度并不亚于其他地方，颁奖四天后，一份以奥古斯特·斯特林堡和赛尔玛·拉格洛芙为首、43名著名作家和艺术家联合签名的声明发表了：

致列夫·托尔斯泰：

在首届诺贝尔文学奖刚刚颁发之际，我们这些签名的瑞典作家、艺术家和评论家，渴望向您表达我们的惊异之情。我们不单把您当作是现代文学的可敬老人，而且把您当作是最伟大、最深刻的诗人之一。我们觉得，您应该受到重视，尽管您本人从不奢望任何种类的任何奖赏。我们认为，负责颁发该奖的机构，鉴于它目前的组织，完全没有作出有利于艺术或符合民众意见的裁决。为此，我们更觉得有责任向您说这些话。我们将决不允许在外国（我们甚至代表我们遥远的人民），自由思想和自由创造的艺术不被当作最优秀最永恒的艺术。

根据这份声明，人们可能会得出这么一个印象，似乎列夫·托尔斯泰在瑞典起到相当重要的作用，他的著作在这个国家的文学中留下了深刻的影响。然而，事实并非如此。

他是个能够胜任在沙皇俄国促进独立思考的经典作家，是一个象征，别无他物。对那些与诺贝尔奖有关的人来说，他是个有利于进攻死敌——瑞典科学院的政治跳板。

亚斯纳亚·波利亚纳老人根本没想到自己会成为论战的工具，可他没能躲开这场博同情的示威。他给瑞典抗议者的回答是非常有特点的。"我非常高兴诺贝尔奖没有颁发给我。首先，拥有这笔在我看来与其他只会产生罪恶的金钱无异的资金会使我很为难。其次，得到那么多素昧平生的重要人物所给予的同情，我感到十分荣耀和狂喜。"

然而，首届诺贝尔奖既不受文学舆论也不受文学偏见左右。根据近十年来的经验，这场礼貌的国际运动所具有的官方性质大大地得到了突出。它的敬意更多是给予对瑞典来说永远是强烈兴奋剂的文学法国，而不是巴那斯时代忧郁的哲理诗人。

在颁奖仪式上，那位很有口才的秘书兼组织者向法兰西学士院表示敬意，他"以瑞典姐妹的名义，在泰格纳和盖野的祖国荣幸地向诞生过拉辛、高乃依和维克多·雨果的国家表示敬意"。

在苏利·普吕多姆的祖国，诺贝尔奖也是建立在这种精神上的。瑞典科学院可以满意而自豪地在其政府公报上发表它法兰西姐妹的感谢信。信是由加斯东·布瓦歇落款的：

"我谨代表受瑞典科学院邀请、选择推荐了苏利·普吕多姆先生的法兰西学士院全体成员向你们表示感谢，感谢你们把奖授予了他。你们给他的荣誉回荡在整个法兰西。苏利·普吕多姆先生由于他的个性和才华得到了全世界人民的敬重。人们感谢他注重的生活和崇高的感情，特别感谢他对理想事业的忠诚。这些，都是诺贝尔曾经想给予鼓励的。法兰西学士院——20年前他就成了这个组织的一员——为他而感到自豪。学士院已派出工作人员到他养病的隐居地向他祝贺这一殊荣，这荣誉的光芒照耀着学士院也照耀着整个法国。我荣幸地借此机会表达我们对一个文学社团的共情，尽管路途遥远，但相似的组织，共同的工作和对文学的同样崇拜使我们感到与它紧紧地连结在一起。"

普吕多姆主要著作

《抒情诗与诗》1865

《考验》1866

《奥吉亚斯的牛圈》1869

《孤独》1869

《意大利速写》1872

《命运》1872

《战争印象》1872

《法兰西》1874

《枉然的柔情》1875

《正义》1878

《天空》1879

《棱镜》1886

《幸福》1888

《论尘世生活之起源》1886

《诗歌遗言集》1901

《帕斯卡尔的真正宗教》1905

《自由意志心理》1907

《战后余灰》1908

《社会关系》1909

《沉思集》1922